예언자

예언자

개정판 1쇄 발행 | 2024년 07월 10일

지은이 | 칼릴 지브란
옮긴이 | 원혜정

발행인 | 김선희 · 대 표 | 김종대
펴낸곳 | 도서출판 매월당
책임편집 | 박옥훈 · 디자인 | 윤정선 · 마케터 | 양진철 · 김용준

등록번호 | 388-2006-000018호
등록일 | 2005년 4월 7일
주소 | 경기도 부천시 소사구 중동로 71번길 39, 109동 1601호
        (송내동, 뉴서울아파트)
전화 | 032-666-1130 · 팩스 | 032-215-1130

ISBN 979-11-7029-225-8 (03840)

· 잘못된 책은 바꿔드립니다.
· 책값은 뒤표지에 있습니다.

월드클래식 시리즈 03

예언자

칼릴 지브란 지음
원혜정 옮김

매월당
MAEWOLDANG

칼릴 지브란(Kahlil Gibran) 연보

1883년	레바논의 베차리 마을에서 교회 목사의 딸인 어머니와 목축업자인 아버지 사이에서 출생.
1894년	가족이 미국으로 이민.
1896년	레바논으로 돌아와 베이루트의 Madrasat Al Hikmat(지혜의 학교)에 입학.
1898년	재학중인 15세 때《예언자》초판을 집필.
1901년	졸업과 동시에 아버지와 함께 중동 지방을 여행한 후, 그리스·이탈리아·스페인을 거쳐 파리로 여행.
1903년	보스턴에서 그림을 그리며 아랍어 저술을 시작. 아랍어로 쓴《예언자》를 개작.
1904년	그의 작품들을 낳는데 주된 원동력이 되었던 10년 연상의 메리 헤스켈을 만남.(그들의 우정은 그가 죽는 날까지 계속됨.)
1908년	본격적인 미술 공부를 위해 파리의 아카데미 줄리앙과 보자르에 입학. 파리에서 저명한 인사들을 만나며, 그들의 초상화를 그림.
1912년	뉴욕의 웨스트 10번가에 정착. 문학과 미술에 대해 본격적인 작업 시작.
1913년	《부러진 날개》,《사람의 아들 예수》,《광인》등 여러 권의 아랍어로 된 책을 저술. 영어로 된《예언자》출판.
1931년	뉴욕 세인트 빈센트 병원에서 사망.

contents

1장 예언자

2장 예언자의 동산

3장 이단자 칼릴

내 어찌 아무런 슬픔 없이 조용히 떠나갈 수 있을까?
그래, 영혼에 상처 하나 없이 이 도시를 떠날 수는 없으리라.
내 여기 성벽 안에서 보낸 고통의 날이 몹시 길었고,
고독의 밤 또한 너무 오래 지속되었는데,
내가 아닌 그 누구라도 이 고통과 고독에서 떠나면서
깊은 회한에 잠기지 않을 수 있을까?

제 **1** 장

예언자

Kahlil Gibran

배가 오다

　알무스타파. 시대를 여는 빛인 동시에 선택받은 사람이며 가장 사랑받은 그는 올펠레즈 시에서 살면서 자신을 고향의 섬으로 데려다 줄 배가 오기를 열두 해 동안이나 기다리고 있었다.

　바로 그 열두 해째가 되던 해 그는 수확의 달인 옐룰 초이렛날에 도시의 외곽 한 언덕에 올라 바다를 지켜보고 있었다. 그리고 마침내 그를 태우고 갈 배가 안개에 휩싸여서 천천히 다가오는 것을 보았다.

　그러자 그의 마음은 활짝 열리고 그의 기쁨은 바다 위로 멀리 날아갔다. 그는 두 눈을 감고 고요한 영혼으로 기도를 올렸다.

　그러나 언덕을 내려오자 그는 문득 슬픈 마음이 들어 이렇게 속삭였다.

　내 어찌 아무런 슬픔 없이 조용히 떠나갈 수 있을까? 그래, 영혼에 상처 하나 없이 이 도시를 떠날 수는 없으리라.

내 여기 성벽 안에서 보낸 고통의 날이 몹시 길었고, 고독의 밤 또한 너무 오래 지속되었는데, 내가 아닌 그 누구라도 이 고통과 고독에서 떠나면서 깊은 회한에 잠기지 않을 수 있을까?

나는 이미 이 거리에 뿌려 놓은 무수한 내 영혼의 편린들을 알고 있다. 이 언덕을 벌거숭이로 헤매는 무수한 내 갈망의 아이들, 저들에게 느껴지는 무거운 짐을 두고 아무런 아픔 없이 물러갈 수는 없을 것이다.

오늘 내가 벗어버린 것은 옷 한 벌이 아니라 내 손에 찢긴 육신이며, 또한 내가 남기고 떠나는 것은 한갓 오랜 사상이 아니라 주림과 갈증으로 향기로워진 뜨거운 심장인 것을.

그러나 더는 머뭇거릴 수 없다.

삼라만상을 품 안으로 유혹하는 바다가 날 부르니, 이제 떠나지 않을 수 없다. 반드시 저 배에 올라타야만 한다.

왜? 머무름이란 하나의 틀에 얼어붙어 결정되어 버림이요, 또한 하나의 틀 속에 갇혀버리는 것이므로.

내 자신이 여기 있는 모든 것을 기꺼이 이끌고 떠나갈 수만 있다면 좋으련만, 그러나 과연 그렇게 할 수 있을 것인가?

목소리도 허공을 향해 나아갈 때, 그를 날려 보내 준 혀와 입술까지 이끌고 갈 수는 없는 법.

독수리도 태양을 향해 힘차게 비상해야만 할 때, 그 보금자리를 두고 오직 홀로 창공에 도달해야만 한다.

언덕 기슭에 이르러 그는 다시 한 번 바다를 향해 되돌아섰다. 배가 포구를 향해 다가오는 것이 눈에 띄었다. 뱃머리에는 그의 고향 뱃사람들이 있었다.

그의 영혼은 그들을 향해 외쳤다.

내 오랜 어머니의 아들들이여, 그대들 물결을 타고 온 이들이여,

얼마나 자주 그대들은 내 꿈속에서 항해했는지…….

이제 내가 꿈에서 깨어나려고 할 때 그대들이 찾아왔구나. 그러나 이 깨어남은 더 깊고 깊은 나의 꿈인 것을.

물론 떠날 채비는 되어 있고, 내 열망은 가득히 돛을 펴고 바람을 몹시 고대하고 있다.

이 조용한 대기 속에 나 오직 한 번 더 숨결을 불어보리라. 오직 한 번 더 사랑의 시선을 뒤로 던지리라.

그러면 나는 그대들과 함께 뱃사람 중 하나가 되리라.

그대 광막한 바다여, 잠들지 않은 어머니여.

그대만이 강과 시내를 품어 주는 평화요 자유이어라.

이제 이 시냇물이 한 번 더 굽이치고 이 여울에서 한 번 더 낮은 물소리를 내면,

나는 그대에게로 가리라. 무한한 대양에 끝없는 물방울이여.

그가 다시 발걸음을 옮겼을 때, 멀리서 사나이들과 아낙네들이 일손을 멈추고 논밭과 포도밭을 떠나 성문을 향해 서둘러 가는 것을 보았다.

그들은 그의 이름을 부르고 있었다. 이 밭 저 밭에서 그를 태우고 갈 배가 왔다고 서로 외치는 소리도 들렸다.

그는 나지막하게 중얼거렸다.

작별의 날이 만남의 날이 되는 것인가?

나의 저녁이 사실은 나의 새벽이라고 말할 수 있는 것인가?

밭고랑 속에 쟁기를 놓아둔 이에게, 혹은 포도주 압착기의 회전을 정지시킨 이에게 나는 과연 무엇을 주어야 할 것인가?

내 가슴은 열매를 무겁게 달고 있는 나무가 되어 저들에게 그 열매를 나누어 줄 수가 있을 것인가?

내 갈망이 샘물처럼 흘러 저들의 잔을 채워 줄 수 있을 것인가?

나는 전능하신 이의 손길이 퉁기는 하프, 혹은 내 손으로 그분의 숨결을 불어낼 수 있는 피리인 것인가?

나는 침묵의 구도자. 허나 그 침묵 속에서 나는 신념을 가지고 나누어 줄 수 있는 무슨 보석이라도 찾아 냈는가?

만일 오늘이 내 수확의 날이라면, 어느 들에다 또는 어느 잊어 버린 계절에다 씨를 뿌려야만 하는가?

지금은 실로 내 등불을 켤 시간이라 할지라도, 그 속에서 불타 오르는 것은 불꽃이 아닌 것을.

나는 다만 텅 비고 어두운 나의 등잔을 켜리라.

그러면 밤의 파수꾼인 그분이 이 등에 기름을 넣고, 또한 다시 불을 밝혀 주리라.

이러한 말들을 그는 중얼거렸다. 그러나 어찌 가슴속에 있는 말을 할 수 있겠는가. 왜냐하면 보다 깊고 깊은 자기의 비밀은 스스로도 말할 수 없으므로.

그가 성 안으로 들어가자 사람들은 모두 그를 만나러 와서 이구 동성으로 소리쳐 말했다.

성의 원로들이 앞으로 나와서 말했다.

아직은 우리를 떠나지 마십시오.

그대는 우리의 어둠이 깨기 전 한낮의 빛이었고, 그대 젊음은 우리가 꾸는 꿈들에 갖가지 꿈들을 아로새겼습니다.

그대는 우리에게 이방인도, 또한 나그네도 아닙니다.

우리의 아들이며 우리가 가장 사랑하는 사람입니다.

그대 얼굴이 그립도록 우리 눈을 괴롭히지 마십시오.

그러자 남녀 사제들이 그에게 말했다.

지금 바닷물결이 우리 사이를 갈라놓게 하지 마십시오.

그대가 우리와 함께 지낸 날들이 아름다운 추억으로만 남게 하지도 마십시오.

그대는 우리 사이에선 하나의 영혼으로 거닐었고, 그대 그림자는 우리의 얼굴에 비치는 빛이었습니다.

우리는 진실로 그대를 사랑했습니다. 다만 당신을 향한 우리의 사랑은 말로 다 표현되지 못한 채 너울로 가리워졌을 뿐입니다.

그러나 이제 우리의 사랑이 소리 높이 외치며 그대 앞에 자신을 드러냈습니다.

원래 사랑이란 언제나 이별의 순간에 이르러서야 비로소 자기의 깊은 속을 드러내는 법이니까요.

다른 이들도 또한 나와서 간청했다. 그러나 그는 아무런 대답도 하지 않았다. 단지 고개만 숙였을 뿐. 가까이 서 있던 이들은 그의 눈물이 가슴으로 떨어지는 것을 볼 수 있었다.

그와 사람들은 모두 사원 앞에 있는 넓은 광장을 향해 앞으로 나아갔다.

그러자 거기 성전에 알미트라라고 하는 한 여인이 나타났다. 바로 예언녀였다.

그는 다정한 눈길로 그녀를 바라보았다. 왜냐하면 그녀는 그가 이 도시에 온 지 겨우 하루밖에 안 되었을 때 제일 먼저 그를 찾아와 믿음을 맹세한 이였으므로.

그녀는 그를 환영하면서 얘기했다.

신의 예언자시여, 그대를 모시고 갈 배가 오는 이날까지 그대는 오랫동안 머나먼 길을 찾아다녔습니다.

이제 배가 도착했고 그대는 떠나야만 합니다.

그대가 꿈에도 잊지 못하는 추억의 땅, 그대의 모든 소망이 살아 숨쉬는 고향으로 돌아가려는 그대의 갈망을 저는 잘 알고 있습니다.

그러므로 우리의 사랑이 아무리 크다 한들, 우리의 사랑으로 그대를 묶을 수도 없고 또한 우리의 요구로 단지 그대를 만류할 수도 없습니다.

하지만 그대가 우릴 떠나기 전에 청하노니, 우리에게 그대 진실을 전하여 주십시오.

그러면 우리는 그 진리를 아이들에게 전하고, 아이들은 또 그들 자손에게 대대로 전하여 그 진리를 멸하지 않게 하겠습니다.

그대는 고독 속에서 우리의 낮을 지켜 주셨고, 깨어 있으면서 우리 잠 속의 울음소리와 웃음소리에 귀를 기울였습니다.

부디 배에 오르기 전에 그대가 보고, 듣고, 깨달았던 모든 것을 우리에게 말씀하여 주십시오.

탄생에서부터 죽음의 순간까지 우리가 겪는 모든 문제에 대한 지혜의 말씀을 오늘 우리에게 들려 주십시오.

그러자 그는 대답했다.

올펠레즈의 사람들이여! 내 그대들 영혼 사이에서 지금도 떠돌고 있는 것, 그것 이외에 내 무슨 말을 새삼스레 더할 수 있을 것인가.

사랑에 대하여

그러자 알미트라가 말했다.

신이시여, 사랑에 대해 말씀해 주십시오.

그는 고개를 들어 사람들을 바라보았다. 얼마 동안 이들에게 침묵이 흘렀다. 이윽고 그는 목소리를 높여서 말했다.

사랑이 그대를 손짓하여 부르거든 그를 따르라.

비록 그 길이 어렵고 험할지라도.

사랑의 날개가 그대를 품을 땐 몸을 맡겨라.

비록 사랑의 날개 속에 숨은 칼이 그대를 상처받게 할지라도.

사랑이 그대에게 말하거든 그를 믿으라.

비록 사랑의 목소리가 그대의 꿈을 모조리 깨뜨려, 마치 북풍이 뜰을 폐허로 만들어 놓을지라도.

왜냐하면 사랑이란 그대에게 영광의 왕관을 씌우는 만큼 또한 그대들을 십자가에도 못박는 것이기에.

또 진정 사랑이 그대의 성숙을 위해 존재한다면 사랑은 그대를 베기 위해서도 존재하는 것이기에.

사랑은 심지어 그대들의 정상에 올라가 햇빛에 떨고 있는 그대의 가장 연한 가지들을 어루만져 주지만, 하지만 사랑은 그대 뿌리를 흔들어대기도 하는 것이기에.

사랑은 곡식단과도 같이 그대를 거두어 자신에게로 거두어들이리라.

사랑은 그대를 두드려 껍질을 벗긴 후 알몸으로 만들리라.

사랑은 그대를 갈아서 순백의 가루로도 만들리라.

사랑은 그대를 반죽하여 물렁물렁하게 되도록 하리라.

그런 다음에 사랑은 그대를 성스런 빵이 되게 하리라.

사랑은 이런 일들을 모두 그대 자신들에게 베풀어 그대로 하여금 마음의 비밀을 깨닫게 하고, 그 깨달음으로 위대한 '생명'의 가슴 한 조각이 되게 하리라.

그러나 만일 그대의 두려움 속에서 오직 사랑의 평화, 사랑의 즐거움만을 찾는다면,

차라리 그땐 그대는 알몸을 가리고 사랑의 추수 마당에서 빠져

나가 계절도 없는 세계에 빠져들어 가는 것이 좋으리라. 그러나 그 세계에서는 웃어도 마음껏 웃지 못할 것이요, 운다 해도 마음껏 울 수 없을 것이다.

사랑은 또한 저 자신 이외는 아무것도 줄 수 없는 것, 또 저 이외에는 아무것도 구하는 것이 없으리라.
사랑은 소유하지도 또 소유될 수도 없는 것.
사랑은 단지 사랑으로써만 충분할 뿐이다.

사랑할 때 모름지기 그대는 "신이 내 맘속에 계시다." 하고 말하는 것보다는 "내가 신의 마음속에 있다."라고 얘기해야 하느니라.
그리고 그대가 사랑의 길을 지시할 수 있다고 생각하지 말라. 그보다도 그대들 보람이 있다고 볼 경우에는 사랑이 그대의 갈 길을 지시할 것이므로.
사랑은 다만 스스로를 충족시키는 것 이외에는 어떠한 다른 욕망이 없는 것.

그러나 만일 그대가 사랑을 하면서도 또다시 소원을 갖지 않을 수 없다면 이러한 것들이 바로 그대 소원이 되게 하라.
녹아서, 밤을 향해 노래하며 흘러가는 시내처럼 되기를.

지나친 다정함의 고통을 알게 되기를.

스스로 사랑을 깨달음으로써 상처받게 되기를.

그리고 기꺼이 즐겁고 피를 흘리게 되기를.

날개 달린 마음으로 새벽에 일어나, 사랑의 또 하루를 위하여 기도를 올릴 것.

정오에는 쉬며 사랑의 황홀한 기쁨을 명상하기를.

황혼엔 감사하는 마음으로 집에 돌아오게 되기를.

그런 다음 사랑하는 이들을 위하여 마음속으로 기도를 올리고 그대의 입술로 찬미의 노래를 부르면서 잠들게 되기를.

결혼에 대하여

알미트라는 다시 얘기했다.

스승이시여, 그러면 결혼에 대해 어떻게 생각하십니까?

그는 대답했다.

그대들은 함께 태어났으며, 영원히 함께 공존하리라. 죽음의 흰
날개가 그대들의 생애를 흩어버리는 날까지 그대들은 함께 있으
리라.

아니, 그대들은 신의 말없는 기억 속에까지도…….

그러나 그대들의 공존에는 일정한 거리를 두자.

그리하여 천공의 바람이 그대들 사이에서 춤추도록.

서로 사랑하라. 그러나 서로 사랑에 얽어매지는 말라.

서로 저희 빵을 주되 같은 조각을 나눠 먹지는 말라.

함께 노래하고 춤추며 즐거워하되 그대들은 따로 있게 하라.

마치 거문고의 줄들이 비록 한 음악을 울릴지라도 줄은 서로 간섭을 받지 않듯이.

그대들, 서로 진실을 바치어라. 그러나 서로 아주 내맡기지는 말라.

오직 위대한 '생명'의 손길만이 그대들 가슴을 간직할 수 있는 것.

함께 서 있으라, 그러나 너무 가까이 있지는 말라.

성전의 기둥들도 서로 떨어져 서 있고, 또 참나무도 삼나무도 서로의 그늘 속에선 자랄 수 없으니.

아이들에 대하여

그러자 아기를 안고 있던 한 여인이 말했다.

우리에게 아이들에 대해 말씀해 주소서.

그는 말했다.

그대의 아이라 해서 그대의 아이는 아닌 것. 그들은 스스로를 갈망하는 위대한 '생명'의 아들과 딸이다.

저들은 그대를 거쳐서 태어났을 뿐, 그대에게서 온 것은 아니다.

비록 그들이 그대와 함께 있을지라도 아이들이 그대의 소유는 아니다.

그대는 아이들에게 사랑은 선사할 수 있으나 그대의 생각까지는 줄 순 없다.

왜냐하면 아이들 스스로의 생각을 가지고 있기 때문에.

그대는 아이들에게 육체는 줄 수 있으나 영혼을 줄 수는 없다.

왜냐하면 아이들의 영혼은 내일의 집에서 살 수 있으므로. 그대는 찾아갈 수도 없고 꿈속에서도 찾아갈 수 없는 내일의 집에.

그대들 아이들과 같이 되려 애쓰되 아이들을 그대와 같이 만들고자 하지는 말라.

왜냐하면 생명이란 뒤로 물러가는 것이 아니요, 또 어제에 머무르지도 않는 법이니.

그대는 활, 그대 아이들은 살아 있는 화살처럼 활에서 쏘아져 앞으로 나아간다.

그리하여 사수이신 그분은 무한의 길 위에 과녁을 겨누고 온 힘을 다하여 그대를 당겨 휘는 것이다. 그분의 화살이 보다 빠르고 보다 멀리 날아가도록.

그대는 그분의 손길로 구부러짐을 영광으로 맞으라.

왜냐하면 날아가는 화살을 그분이 사랑하심과 똑같이, 그분은 흔들리지 않는 활 또한 영원히 사랑하심으로.

베풂에 대하여

그러자 이번에는 부자 한 사람이 얘기했다.

베푸는 일에 대해 말씀해 주소서.

그는 대답했다.

가진 것을 베풀 때 그것은 베푸는 것이라고는 할 수 없다.

진실로 그대가 베푼다는 것은 그대들 자신을 베풀 때뿐.

대체 그대가 가진 것이란 과연 무엇인가.

그대 내일 혹 필요할까 봐 간직하고 지키는 물건에 지나지 않는 것이 아닌가?

그리고 내일, 순례자를 따라서 성도로 가다가 지나치게 조심하여 흔적도 없는 모래에다 뼈다귀를 묻어 놓는 강아지에게 내일이 또 무엇을 가져다 주겠는가.

또 모자랄까 두려워함이란 무엇인가. 두려워하는 것, 그것이 곧 모자람일 뿐이다.

그대들은 샘에 물이 가득 찼는데도 목마름을 축일 길이 없어, 목마름을 두려워하지는 않는가.

세상에는 가진 것이 많으나 아주 조금밖에는 베풀지 않는 이들이 종종 있다. 이들은 베풀되 알아 주기를 바라는 마음 때문이다. 그들의 은밀한 야욕은 베푸는 일마저도 불결하게 만들어버린다.

또 가진 것은 별로 없는데도 불구하고 전부를 베푸는 이가 이 세상에는 더러 있다.

이들이야말로 생명을 믿고, 생명의 자비를 믿는 이들이니 그들의 주머니는 결코 비는 일이 없다.

세상에는 또 기쁘게 베푸는 이가 있으니 이 기쁨이야말로 그들의 보상이어라.

또한 괴로워하며 주는 이들이 있으니 그 괴로움이 바로 그들의 세례식이다. 또 주되 괴로움도 모르고 또한 기쁨도 찾지 않으며 덕을 베푼다는 생각도 없이 주는 이들이 있다.

이들은 베풀되 마치 저 계곡의 상록수가 허공에다가 향기를 뿜어내듯이 베푼다.

이러한 이들의 손을 거쳐서 신은 말씀하시고, 또 이들의 눈 속으로부터 신은 대지에다 미소 짓는 것이다.

요청을 받을 때 베푸는 것은 좋은 일이지만, 요청받기 전에 미리 알아서 베푸는 것은 더욱더 좋은 일이다.

그리고 후한 이에게는 받을 사람을 찾는 것이 베푸는 것보다 더욱 큰 기쁨이라. 그렇다면 지금 그대가 아낄 만한 것이 무엇이 있겠는가?

그대가 가진 것 모두를 어느 땐가는 주어야 하는 것을.

그러므로 지금 주라, 베풂의 때가 그대의 것이 되게 하라. 그대 뒷사람의 것이 되게 하지는 말라.

그대는 가끔 말한다.

"나는 베풀리라. 그러나 받을 만한 가치가 있는 자에게만 주리라."

하지만 그대들 과수원의 나무들은 그런 말을 하지 않는다. 또한 그대 목장의 가축들도 그렇게 말하지는 않는다.

그들은 스스로 살기 위하여 주는 것이다. 서로 나누지 않고 움켜쥐는 것이야말로 멸망하는 것이기 때문에.

진정 자기의 낮과 밤을 맞이할 만한 자격이 있는 이라면 그대들로부터 다른 모든 것도 받을 자격이 있는 법이로다.

그러니 생명의 바다를 마실 만한 사람이라면 그대들의 작은 시내로도 그의 잔을 채울 만하리라.

받아 줌의 저 용기와 화신, 아니 사랑 속에 놓여 있는 것보다 더 큰 보답이 어디에 있을 것인가?

그런데 그대는 누구이기에 사람들로 하여금 가슴을 헤쳐 자존심을 벗기고, 형편없게 된 그들의 가치를 보는가?

무엇보다 먼저 그대는 스스로가 베푸는 이가 될 자격이 있는지, 또 하나의 베푸는 그릇이 될 만한지를 생각하라.

진실로 생명에게 주는 자는 생명뿐이어라.

다만 그대들 스스로 주는 이라고 생각하지만 사실은 한낱 증인에 불과할 뿐.

그리고 그대, 받는 이들이여.

그대들은 모두가 받는 이들이지만 은혜에 대한 부담을 생각하지 말라. 그것이야말로 그대들 자신과 또 주는 이에게 멍에를 씌우는 일이다.

그보다 주는 이의 선물을 날개 삼아 주는 이와 함께 날아오르라.

그대 지나치게 신세진 것에 대해 염려함은, 거리낌 없이 주는 그의 관대한 아량을 오히려 의심하는 일이 될 뿐. 넓은 마음의 대지를 어머니로 삼고 산을 아버지로 삼는 그의 아량을.

먹고 마시는 것에 대하여

이번에는 한 주막의 노인이 물었다.

저희에게 먹고 마시는 일에 대해 말씀해 주십시오.

그는 대답했다.

그대들 대지의 향기를 마시고 살 수 있다면, 기생식물처럼 햇빛으로 생명이 유지되면 좋으련만.

허나 그대들은 먹기 위해 죽이고, 또 목마름을 달래기 위해 어미의 젖을 갓난 새끼들한테서 뺏지 않을 수 없으니, 이를 예배의 행동으로 삼으라.

그리고 그대 식탁의 제단으로 하여 그 위에다 숲과 들의 순수하고 순결한 것을 잡아, 인간 속의 보다 순수하고 보다 순결한 것을 위하여 희생되어지도록 하라.

그대가 짐승을 잡아야 할 땐 마음속으로 이렇게 속삭이라.

"너를 죽이는 바로 그 힘에 의하여 나 또한 죽게 될 것임이 틀림 없으리라. 그러나 나 역시 먹히리라. 너를 내 손에 인도해 준 그 법칙이 또한 나를 인도할 것을. 그대와 나의 피는 천공의 나무를 키우는 수액이 될 뿐."

그대가 이빨로 사과를 깨물 때는 그대 마음속으로 이렇게 말하라.

"너의 씨가 내 몸 속에서 살아갈 것이며
너의 미래의 봉오리는 내 가슴속에서 아름답게 꽃피리.
그리하여 그대 향기는 내 숨꽃이 되어
다함께 우리는 온 계절을 누리리라."

또한 가을이 되어 그대 포도주를 만들고자 포도밭에서 포도를 딸 때면, 마음속으로부터 이렇게 속삭여 주라.

"나 역시 한 떼기 포도밭이다. 내 열매 또한 포도를 만들기 위해 거두어지리. 그리고 나 역시 새 포도주처럼 영원히 항아리 속에 담겨지리."

또 겨울이 되어 포도주를 따를 때면 한 잔씩 따를 때마다 마음속으로 노래 한 곡씩을 부르게 하라.

　그 노래 속에 가을날들이 포도밭과 포도를 짜던 추억을 간직하
게 하라.

일에 대하여

그러자 농부 한 사람이 물었다.
저희에게 일에 대하여 말씀해 주십시오.
그는 대답했다.

그대는 대지와 영혼과 더불어 나아가기 위해 일하는 것이다.
게으름이야말로 계절에의 이방인이 되는 것이며, 인생의 행렬에서 빗나가는 것이다. 그런데 행렬은 장엄하고도 당당하게, 영원을 향한 복종으로 전진하고 있다.

그대가 일할 때면 그대는 피리가 되어, 그 속으로 시간의 속삭임은 음악으로 변해 울려 나간다. 그대들 중에 모두 함께 어울려 노래 부르고 있을 때 누가 말 못하는 벙어리 갈대가 되고자 하는가.

그대는 언제나 일은 저주요, 노동은 불행한 것이라는 말을 듣고
는 한다.

그러나 내 그대에게 말하노니, 그대가 일을 하면 그대는 대지의
가장 깊은 한 조각을 꿈으로 이루어 내는 것이요, 그 일은 그대에
게만 맡겨진 꿈임을.

그리고 스스로 노동을 함으로써만 그대들은 생명을 사랑할 수
있으며,

또 노동을 통해 삶을 사랑하는 것은 생명의 가장 깊은 신비를
알게 되는 일이라고.

그러나 만일 그대들이 괴로워하면서 이 세상에 태어난 것을 고
통이라고 부르고 육신을 부양하는 것이 이마에 새긴 저주라고 일
컫는다면, 나는 대답하리라.

그대들 이마의 땀만이 그 저주를 씻어 줄 수 있으리라고.

그대는 인생은 암흑이란 말을 들었고, 그리고 피로한 나머지 그
대들 또한 지친 자들이 말하는 그 소리를 그대로 되풀이한다.

허나 내 말하노라.

인생은 강한 충동이 없을 때야말로 삶은 진실로 암흑이어라.

모든 강한 충동은 깨달음이 없는 한 맹목적이어라.

모든 깨달음은 노력이 없는 한 헛됨이어라.

모든 노력은 사랑이 없는 한 공허한 것이다.

따라서 그대 사랑으로 일할 때 그대는 스스로를 스스로에게 귀속시키는 것이요, 또 서로서로에게, 더 나아가서는 마지막으로 신에게로 귀속시키는 것이다.

그러면 사랑으로 일함이란 무엇인가?

이는 마치 그대 심장에서 뽑아낸 실로 옷을 짜는 것, 마치 그대 사랑하는 이가 그 옷을 입기라도 할 것처럼.

그것은 또 애정으로써 집을 짓는 것이니, 마치 그대들 사랑하는 이가 그 집에 살기라도 할 것처럼.

이것은 또 정성어린 마음으로 씨를 뿌려 기쁨으로 결실을 거두어들이는 것, 마치 그대 사랑하는 이가 그 열매를 먹기라도 할 것처럼.

그것은 또 그대가 만드는 모든 것에 그대 영혼의 숨결을 불어넣는 것이다.

그리하여 그대들 곁에는 복 받은 고인들이 지켜보고 있다는 것을 깨닫는 일이다.

나는 가끔 그대가 마치 잠꼬대라도 하는 양 중얼거리는 것을 들었다.

"대리석을 쪼으며 일을 하되 돌 속에서 자기 영혼의 모습을 찾아내는 이는 땅을 가는 이보다 고귀한 법. 또 무지개를 잡아서 헝겊 위에다 인간의 모습을 그리는 이는 우리 발에 신길 신발을 만드는 이보다 고상한 법."

그러나 내 잠 속에서가 아니라 활짝 깨어 있는 한낮에 말하노라.

바람은 울창한 참나무라고 해서 하찮은 풀잎에게보다 더욱 다정하게 말을 해주지는 않는다고.

따라서 바람소리를 자기 자신의 사랑으로 보다 다정한 노래로 만드는 이만이 오직 위대하다고, 그만이 홀로 위대하다고.

노동이란 사랑의 구체적인 모습.

그러므로 만일 그대가 사랑으로써가 아니라 다만 마지못해 일할 수밖에 없다면, 차라리 그대는 일을 버리고 신전의 앞에 앉아서 기쁨으로 일하는 이들에게 구걸하는 편이 나으리라.

왜냐하면 그대가 만일 냉담하게 빵을 굽는다면, 그대는 사람의 굶주림을 반도 채우지 못할 쓴 빵을 구울 것이기 때문에.

만일 그대가 불평을 하면서 포도를 짓이긴다면 그대의 불평은 포도주 속에서 독을 뿜으리라.

또한 만일 그대가 천사처럼 노래 부르면서도 노래하는 것을 좋아하지 않는다면, 그대는 낮의 소리와 밤의 소리에 대하여 인간들의 귀를 막게 하는 것이어라.

기쁨과 슬픔에 대하여

또 다른 한 여인이 말했다.

저희에게 기쁨과 슬픔에 대하여 말하여 주십시오.

그는 대답했다.

그대들의 기쁨이란 그대들의 슬픔의 가면을 벗는 것.

그리고 그대 웃음이 떠오르는 그 샘이 그대 눈물로 채워지는 일이 아주 흔한 일이니 어찌 그렇지 않을 수 있겠는가?

그대 존재 속으로 그 슬픔이 깊이 파고들면 파고들수록 더욱더 그대의 기쁨은 커지리라.

도공의 가마 속에 구워진 바로 그 잔이 그대들의 술을 담은 잔이 아닌가?

그리고 그대 영혼을 달래 주는 저 피리는 칼로 파서 만든 바로 그 나무가 아닌가?

그대가 기쁠 때 그대 마음속을 깊이 들여다보라. 그러면 그대는 그대에게 기쁨을 주는 것이 그대에게 슬픔을 주었던 바로 그것이라는 것을 알게 되리라.

그대 슬픔에 잠길 때마다 그대 마음속을 다시 한 번 들여다보라. 그러면 그대는 그대의 기쁨이었던 것 때문에 울고 있다는 것을 알게 되리라.

그대들 가운데에 어떤 이는 말한다.
"기쁨은 슬픔보다 위대한 것이라네."
그러나 어떤 이는 이렇게 말하리라.
"아니 슬픔이야말로 더 위대한 것일세."
그러나 내 그대에게 말하노니, 슬픔과 기쁨은 뗄래야 뗄 수가 없는 것. 이들은 함께 오는 것. 따라서 한편이 그대 식탁 앞에 그대와 더불어 앉을 때 또 한편은 그대 침대 위에서 잠들고 있다는 것을 잊지 말라.

진실로 그대는 그대 기쁨과 슬픔 사이에 저울처럼 매달려 있다.
그러므로 오직 텅 비어 있을 때만 그대는 멈추어 균형을 지닌다.
보석지기가 자기의 금과 은을 달고자 그대를 들어올릴 때, 그대 기쁨과 슬픔의 어느 한쪽이 오르락내리락하는 것은 어쩔 수 없는 일이어라.

집에 대하여

그 다음에 석수가 나와 물었다.

집에 대하여 저희에게 말씀하여 주십시오.

이에 그가 대답했다.

그대가 도시의 성벽 안에 집을 짓기 전에 그대 상상으로써 광야에다 초당을 지으라.

왜냐하면 그대가 황혼이면 집으로 돌아오듯이 그대 속에 항상 멀고도 외로이 배회하는 방랑자가 있으니.

그대들의 집은 그대의 보다 큰 육체. 그것은 태양 속에서 자라고 밤의 고요 속에서 잠든다. 그렇다고 그는 꿈이 없는 것도 아니니, 그대 집이 꿈을 꾸지 않는가? 그리고 꿈을 꾸며 도시를 떠나 숲이나 산꼭대기로 가지 않는가?

바라건대 나도 그대들의 집을 내 손에 모아 씨 뿌리는 이와도 같이 숲과 초원에 뿌릴 수 있다면.

그리하여 골짜기는 그대들의 거리가 되고 초록 길들은 그대들의 오솔길이 되어서 포도밭 사이로 그대들 서로서로 찾아내, 옷깃에 대지의 향기를 품어온다면.

그러나 이러한 것들은 아직까지도 존재하지 못한 일.

그대 선인들은 두려움 때문에 그대들을 너무도 가까이 함께 모았도다. 그리고 그 두려움은 좀더 계속되리라, 좀더. 그대들의 도시의 성벽은 그대들 가정을 들로부터 떼어놓으리라.

그러니 내게 말하라, 올펠레즈 시민들이여. 이 집 속에서 그대들이 가진 것이 무엇인가? 그리고 그대가 문을 잠그고 지키는 그것이 무엇인가?

그대들에겐 평화가 있는가. 즉 그대들 힘을 보여 줄 저 고요한 충동이 있는가?

그대들에게는 기억, 즉 저 마음의 절정을 이어 주는 번쩍거리는 아치가 있는가?

그대에게 미, 즉 나무와 돌로 만들어진 것으로부터 가슴을 성스런 산으로 인도하는 아름다움이 있는가?

말해 주시라, 그대 집에 이러한 것들이 있는가?

혹은 또 그대는 오직 안락, 안락에의 열망만을 지녔는가. 손님이면서 집에 들어와서 바로 주인이 되고, 드디어는 정복자가 되는 음흉한 자인 안락이 있는가?

그렇다, 그리하여 그자는 길들이는 자가 되고 갈고리와 채찍을 가지고 그대를 더욱 큰 욕망의 꼭두각시가 되게 만든다.

그 손은 비단길 같으면서도 그 마음은 쇠로 만들어져 있다. 그자는 그대 침대 곁에 서서 토닥거리며 그대를 잠재우나 그런 한편으로 육체의 존엄을 비웃는다.

그자는 또 그대 신선한 감각을 조롱하면서, 그리하여 금방이라도 부서지기 쉬운 그릇과 같이 엉겅퀴 가시 속에 버려 버린다.

진실로 안락에 대한 열망은 영혼의 정열을 살해하고, 그리고 나아가 그 장례식에서 냉소하면서 걸어가는 것이다.

그러나 그대 우주의 어린이들, 잠 속에서도 불안한 그대들이여. 그대들은 함정에 빠지지도 말고 길들여지지도 말라.

그대 집은 닻이 아니라 돛대이게 만들어라.

그것은 상처를 가리는 번쩍거리는 껍데기가 아니라 눈을 지키는 눈꺼풀이 되게 하라.

그대, 문을 지나가려 한다면 그대 날개를 접지 말고 또 천장에 부딪치지 않으려고 머리를 숙이지 말며, 벽이 부서져 무너질까 근심하여 숨쉬기를 두려워하지 말라.

그대는 이렇게 죽은 자들이 산 사람을 위하여 만든 무덤 속 같은 곳에서는 살지도 말지어다.

아무리 장엄하고 화려할지라도 그대의 집이 그대의 비밀을 간직하게 하지 말며, 또 그대 동경을 가리게도 하지 말라.

왜냐하면 그대의 내부에 무한한 것은 하늘의 큰 저택에 머물러 있으므로.

아침 안개가 그 저택의 문이요, 밤의 노래와 침묵이 그 창문이어라.

옷에 대하여

베 짜는 사람이 말을 이었다.

저희에게 옷에 대하여 말씀해 주십시오.

그는 대답했다.

그대들의 옷이란 그대의 많은 아름다움은 가리지만 추한 데를 숨기지는 못하는 것.

그리고 그대는 옷에서 은밀한 사적인 자유를 얻으려 하지만, 그렇게 되지 않으리라. 그대는 그대의 살갗으로써 태양과 바람을 맞이할 수 있기를.

왜냐하면 생명의 숨결은 햇빛 속에 있고, 생명의 손길은 바람 속에 있기 때문이다.

그대들 가운데 누군가는 이렇게 말하리라.

"우리가 입는 옷을 짜는 이는 북풍이다."

그리하여 내 말하노라.

그렇다, 그것은 북풍이다.

부끄러움이 그의 베틀이요, 부드러운 힘줄인 그의 실이여.

그리하여 일을 끝냈을 때 바람은 숲 속에서 웃었도다.

잊지 말라. 수수한 옷차림은 깨끗하지 못한 이의 눈을 가리는 방패일 뿐, 그리하여 부정한 이가 사라지고 나면 그 수수함이란 오히려 마음의 족쇄요, 오욕일 뿐 그 밖에 또 다른 무엇이겠는가?

잊지 말라. 대지는 그대 맨발이 닿으면 기뻐하고, 바람은 그대 머리카락을 가지고 장난하기를 갈망하고 있음을 잊지 말라.

사고 파는 일에 대하여

이번에는 상인이 말했다.
저희에게 사고 파는 일에 대하여 말씀해 주십시오.
그리하여 그는 대답해 말한다.

대지는 그대에게 자신의 모든 열매를 주고 있다. 그러니 그대
손에 넣는 방법을 알기만 한다면 결코 부족함이 없으리라.

그대가 풍요와 만족을 얻으려면 대지의 선물을 교환하는 방법
으로만 찾을 수 있을 뿐이다. 하지만 그 교환이 사랑과 부드러움,
긍정에서 이루어진 것이 아니라면, 이는 다만 그대들을 탐욕으로,
혹은 굶주림으로 이끌게 할 뿐이리라.

바다와 들과 포도밭의 일꾼들인 그대들이 베 짜는 이들과 도공
들 또는 향료 모으는 이를 장터에서 만나거든, 그때에는 대지의

최고 신에게 간절히 호소하라.

그대 마음속에 왕림해서 가치 대 가치를 평가하는 저울과 서로의 계산을 깨끗이 해달라고.

그리고 용서하지 말라, 빈손으로 와서 말만으로 그대들의 노동을 사려는 자들을 그대의 거래에 참여시키지 말라.

그런 자들에게는 모름지기 이렇게 말해야 하리라.

"우리와 함께 밭으로 갑시다. 아니면 우리 형제들과 더불어 바다로 가서 그물을 던집시다. 왜냐하면 대지의 바다는 우리에게 하는 것과 다름없이 그대들에게도 아낌없이 베풀어 줄 것이오."

만일 또 그곳에 노래하는 이와 춤추는 이와 피리 부는 이가 오거든 저들의 선물도 또한 사거라.

왜냐하면 저들 역시 열매와 유향을 거두는 자들이며, 그보다 저들이 가져오는 것은 설혹 꿈의 형상을 했을지라도 그대 영혼이 즐길 옷이요, 음식이니까.

그리고 그대가 장터를 떠나기 전에 누군가 빈손으로 가는 이가 없나 살펴보라.

왜냐하면 대지의 신은 그대들의 최소한의 요구가 충족되기 전에는 바람 위에서 편안히 잠들지 못하기 때문이다.

죄와 벌에 대하여

이번에는 도시의 재판관 한 사람이 앞으로 나와서 말했다.

저희에게 죄와 벌에 대하여 말씀해 주십시오.

그리하여 그는 말한다.

　바로 그대 영혼이 바람에 날려 헤맬 때면, 그대는 홀로 방심하다 누구에겐가 죄과를 범하게 되리라. 결국 그대들 자신에게도.

　그리하여 이미 저지른 죄 때문에 그대들은 천국의 문 앞에서 아무도 쳐다봐 주는 이 없이 무시를 당하고 한동안 문을 두드리며 기다려야 하리라.

　그대의 신적 자아는 마치 대양과도 같아라.

　그것은 영원히 더럽혀지는 일이 없도다.

　마치 공기와도 같이 날개 있는 것만을 안아 올리도다.

또한 그대의 신적 자아는 태양과도 같아

두더지의 길도 모르고 뱀 구멍도 그것을 찾지 않는다.

그러나 그대의 신적 자아는 그대의 내부에만 홀로 머무르는 것이 아니어라.

그대 속에는 아직 상당 부분은 인간이고, 심지어 아직도 인간에 이르지 못한 부분이 많이 있으며, 또한 다만 스스로 깨기를 원하며 안개 속을 졸며 헤매는 볼품없는 소인만이 있도다.

그러면 이제 내 그대들 속에 있는 그 인간에 대해 말하리라.

죄를 알고 또 죄와 벌을 아는 인간성은, 그대의 신적 자아도 안개 속의 속인도 아니어라. 다만 그일 뿐.

때로 나는 죄지은 자에 대하여 그대들이 말하는 바를 들은 일이 있다.

그 죄인은 그대 속에 있는 사람이 알리라. 그대에게는 낯선 이방인이며, 마치 그대 세계에 느닷없이 뛰어든 난입자인 듯이 말하는 것을 들었다.

그러나 내 말하노니, 아무리 경건하고 덕망 있는 이일지라도 그대들 한 사람 한 사람 속에 내재한 지고의 존재 이상을 오를 수는 없는 일이로다.

그러므로 악한 자와 또 약한 자일지라도 그대들 각자 속의 최하

층 존재 이하로는 떨어질 수 없는 법이다.

나뭇잎 하나도 나무 전체의 말없는 동조 없이는 갈색으로 변할 수 없는 것.

이처럼 죄를 범하는 자도 그대들 전체의 숨은 뜻 없이는 범할 수 없는 것이다.

하나의 행렬과도 같이 그대는 그대들의 신적 자아를 향하여 함께 나아가는 것이다.

그대는 길이요, 또한 나그네.

그리고 그대들 가운데의 하나가 넘어진다면 이는 뒤에 오는 사람을 위해 넘어지는 것이니, 장애물인 돌에의 경고가 되는 것이다.

그렇다. 그는 또 신 앞에 가는 이를 위해서도 넘어지는 것이니, 비록 발걸음도 빨리 자신 있게 갈지라도 역시 장애물인 돌로부터 멀리 떨어지지는 못할 것이다.

그리고 이 또한 그러하리라, 비록 이 말이 그대들 가슴 위에 무겁게 울릴지라도.

피살자는 자신의 살해당함에 대하여 책임이 없지 않으며,

도둑맞은 자도 스스로가 도둑을 맞은 데 대한 책임을 면치는 못하리라.

덕망 있는 이도 악한 자의 행위에 전혀 죄가 없을 수 없고,

또 정직한 자가 흉악한 자의 행위 앞에서 완전 결백했다고만은 볼 수 없다.

그렇다, 죄인이란 때때로 피해자의 희생물이다.

또 더욱더 흔하게 죄의 판결을 받는 자는 무죄인과 무고인의 짐을 져 주는 일이 있다.

그대는 결코 정의로운 사람과 부정한 사람을 갈라낼 수 없고, 또 선인과 악인을 가릴 수는 없다.

왜냐하면 이들은 태양 앞에 함께 서 있기 때문이다. 마치 검은 실이 흰 실과 함께 짜여지듯이.

따라서 검은 실이 끊어지기라도 한다면 베 짜는 이는 베의 헝겊 전체를 두루 살펴봐야 할 뿐 아니라 베틀 역시 살펴봐야 하리라.

가령 그대들 중 누가 정숙치 못한 아내를 재판하고자 한다면, 그로 하여금 그녀 남편의 마음도 저울에 달게 하고 영혼도 자로 재어보게 하라.

또 채찍질하려는 자로 하여금 범죄자의 영혼도 살펴보게 하라.

또 그대들 중 누군가 정의의 이름으로 벌하려 한다면, 그리하여 악의 나무에다 도끼를 대려고 한다면, 그로 하여금 그 나무의 뿌리를 살펴보게 하라.

그러면 정말로 그는 선과 악의 뿌리, 또 열매 맺는 것과 맺지 못하는 것이 뿌리가 대지의 말없는 가슴속에 모두 함께 뒤얽혀 있음을 알게 되리라.

그러면 그대들, 공정하게 재판하려는 이들이여!

비록 육체적으로는 사기꾼이요, 박해자이지만 또한 실제로는 자기도 박해받고 곤욕당한 자를, 그대들은 어떻게 고발하겠는가?

그리고 또 양심의 가책이, 이미 저지른 과오보다 더 큰 이들을 그대들은 어떻게 처벌하겠는가?

그러나 그대는 죄 없는 이에게 양심의 뉘우침을 지울 수도 없고 또한 죄인의 마음으로부터 뉘우침을 제거할 수도 없으리라.

요청하지 않아도 뉘우침은 한밤중에 찾아와 사람들을 깨우고 스스로 응시하게 하는 것.

그러니 그대들 정의를 깨닫고자 하는 자들이여, 그대 모든 행위를 완전한 빛 속에서 살펴보지 않는 한 그대 어찌 깨달으리오?

오직 그때에만 깨닫게 되리라. 의로운 자와 의롭지 못한 자란 그의 작은 자아의 밤과 그의 신적 자아의 낮 사이에 지는 저녁놀 속에 서 있는 한 사람에 불과함을 그대는 알고도 남으리라.

또한 사원의 주석이 결코 바닥에 놓인 가장 낮은 주춧돌보다 높을 것이 없다는 것도 알게 되리라.

법에 대하여

다음에는 법률가가 말했다.
그러면 법에 대하여는 어떻게 생각하십니까, 스승이시여.
이에 그는 대답했다.

그대들은 법을 만들기를 즐겨하도다. 물론 그 법을 어기는 것을
더욱 즐기면서.
마치 바닷가에서 끊임없이 모래성을 쌓았다가는 웃으며 그것을
허물어버리는 아이들처럼.
그러나 그대들이 모래성을 쌓을 동안 바다는 더욱 많은 모래를
기슭으로 밀어 보내고, 그대들이 모래성을 부술 때면 바다는 그대
들과 더불어 웃도다.
진실로 바다는 늘 천진한 이들과 더불어 웃도다.
그러나 인생이 큰 바다가 아니요, 또 인간이 만든 법도 모래성

이 아닌 이들에게는 어떠한가?

인생이란 다만 바위며, 법이란 저들이 쪼아서 저들 자신의 모습을 새기는 끌일 뿐인 이들에게는?

춤추는 이를 질투하는 절름발이에게는?

명예를 좋아하고 또 숲 속을 헤매는 큰 사슴, 작은 사슴 또는 떠도는 것들을 생각하는 황소에겐?

제 허물을 벗을 수 없어서 다른 모든 것들을 모두 벌거숭이에 부끄러움도 모르는 것들이라고 일컫는 늙은 뱀에겐?

그리고 일찌감치 결혼 잔치에 나타나서는 잔뜩 먹어대곤 지쳐서 제멋대로 하면서 모든 잔치가 엉망진창이요, 또 잔치꾼들이 모두 다 돼먹지 않았다고 떠드는 자에겐?

비록 저들 역시 햇빛을 쬐고 서 있지만 햇빛에 등을 대고 있는 것이라는 것 외엔 이들에 대해 내 무어라 말할 수 있겠는가?

그들은 다만 자신의 그림자를 볼 뿐이니 저들의 그림자가 저들의 법이로다.

그러므로 법을 인정한다는 것은 무엇인가, 몸을 엎드려 구부리고 땅 위 법의 그림자를 밟는 것밖에.

그러나 태양을 향하여 걸어가는 이들이여, 대지에 그려진 어떤 영상이 그대를 붙잡을 수 있을 것인가?

바람 따라가는 그대들이여, 어떤 풍향계가 그대들의 갈 길을 인도해 주겠는가?

만일 그대가 멍에를 부수되 인간의 감옥의 문은 부술 수 없다면 어떤 인간의 법이 그대를 묶을 수 있을 것인가?

만일 그대가 춤을 추되 인간이 만든 쇠사슬에 걸려 비틀거리지 않는다면 어떤 법이 그대를 두렵게 할 것인가?

만일 그대가 그대 옷을 찢는다 해도 그것을 인간의 길에는 버리지 않는다면 그대들을 심판할 자는 누구란 말인가?

올펠레즈 시민들이여,

그대들은 북을 싸맬 수도 있고, 또 거문고 줄을 늦출 수는 있어도 누가 과연 하늘의 종달새에게 노래 부르지 말라는 명령을 할 수 있으리오?

자유에 대하여

그러자 이번에는 한 웅변가가 말했다.
우리에게 자유에 대해 말씀해 주십시오.
그는 대답했다.

성문 앞에서, 그리고 그대 화롯가에서 나는 그대가 무릎을 꿇고 엎드려 그대 자신의 자유를 비는 것을 보았다. 마치 폭군 앞에서 몸둘 바를 모르고 자기를 죽일지라도 찬양해 마지않는 노예처럼.

그렇다, 사원의 숲 속에서 또는 성채의 그늘 아래서 나는 그대들 중에서 가장 자유스러운 자가 마치 멍에나 수갑처럼 저들의 자유를 떨치는 것을 보았다.

그때 내 마음속에서는 피가 흘렀다. 왜냐하면 자유를 찾는 갈망이 그대에게 재갈을 물리고 또 최후의 목표나 행복인 것처럼 자유를 운운하지 않을 때만 오직 그대는 자유를 얻을 수 있기 때문에.

그대들이 진정으로 자유로워지는 것은 근심 없는 낮과 욕망도 슬픔도 없는 밤이 아니라, 이런 것들이 오히려 그대 삶을 묶으려 해도 그것들에 얽매이지 않고 훌훌 벗어버리고 해방되어 이들 위로 그대가 올라설 때이다.

그대가 깨달음이 밝아오는 새벽에 한낮의 시간을 묶었던 사슬을 끊어버리지 않는다면, 어떻게 그대는 낮과 밤을 초월해 일어설 수 있을 것인가? 참으로 그대가 자유라 부르는 것은 이 쇠사슬 가운데에서도 가장 끊기 어려운 것이다. 그 고리들이 비록 햇빛에 번쩍거리고 또 그대 눈을 어지럽게 할지라도.

그리하여 그대 자유로워지고자 버리려 하는 것, 그것은 그대 자아의 파편이 아니고 무엇인가?

만일 그대 폐지하고자 하는 법이 부당한 법이라고 하더라도, 그것은 그대 자신의 손으로 그대 자신의 이마 위에 씌워져 있도다.

그대가 그대 법전을 불태울지라도, 그대 심판관의 이마를 씻을지라도, 바닷물을 퍼부을지라도, 그 부당한 법을 지워버릴 수는 없으리라.

또 그대가 쫓아내고자 하는 자가 독재자라면, 우선 그대 속에 서 있는 그의 옥좌가 파괴되었는지를 보라.

왜냐하면 아무리 폭군이라고 해도 그의 용맹 속에 일말의 티끌도 없으며, 자유 속에 포악함이 전혀 들어 있지 않다면 어떻게 자유로운 이와 용맹한 이를 다스릴 수 있겠는가?

또 만일 그대가 버리고 싶은 것이 근심이라면, 그 근심은 그대에게 강요된 것이라기보다는 그대가 택한 것이다.

그리하여 그대가 몰아내고자 하는 것이 두려움이라면, 그 두려움의 자리는 그대 마음속에 있는 것이지 두려워하는 자의 손아귀에 있는 것은 아니다.

진실로 일체 만사는 그대 존재 내부 속에서 반쯤 얽힌 상태로 끊임없이 움직이고 있다. 갈망의 대상 · 두려움의 대상 · 혐오의 대상 · 애착의 대상 · 추구와 도피의 대상 등 모두가……

이들은 그대 속에 집요하게 달라붙어 빛과 그림자처럼 움직인다.

그리하여 그림자가 다 사라져 더 이상 보이지 않을 때면, 떨어지지 않고 배회하던 빛은 또 다른 빛에 대하여 한낱 그림자가 되는 것. 이렇듯 그대 자유도 그 족쇄가 되는 것임을.

이상과 열정에 대하여

이번에는 여 사제가 말했다.
저희에게 이성과 열정에 대해 말씀해 주십시오.
그리하여 그는 대답했다.

그대 영혼이 전쟁터가 되는 때가 많다. 그 전쟁터에서 그대 이상과 판단력은 정열과 욕망에 대항하여 싸움을 벌인다.

내 그대 영혼의 조정자가 될 수만 있다면, 그리하여 내 그대 내부의 불화와 적대를 일치와 노래로 변하게 하련만.

그렇지만 그대 스스로가 조정자, 아니 그대 내부의 모든 것의 애호자가 되지 않는 한 내가 어떻게 무엇을 할 수 있을 것인가?

그대의 이성과 정열이란 바다 위를 항해하는 영혼의 키이며 돛이어라.

만일 돛이나 키가 부서진다면 그대는 동요하여 표류하거나, 먼 바다의 가운데 멈추어 있을 수밖에 별 도리가 없으리라.

왜냐하면 이성은 홀로 다스리기에는 힘이 모자라고, 또 정열은 다만 그 스스로를 파괴해 태워버리는 불꽃이 될 뿐이기에.

그러니 그대 영혼으로 하여금 이성을 정열의 높이에까지 높여 노래할 수 있도록 하라. 그리고 영혼으로 하여금 그대 이상과 정열을 인도하게 하여 그대 영혼이 매일 스스로의 부활을 통해 살아가게 하라. 마치 잿더미 속에서 반복해서 일어나는 불사조처럼.

바라노니, 그대 판단력과 욕망을 마치 그대 집에 소중한 두 손님을 맞이하는 것같이 숙고하기를.

그대는 어느 한 손님만을 다른 손님보다 높이 대우하지는 못하리라. 왜냐하면 어느 한편에다 더 관심을 쏟다가는 두 사람 모두의 사랑과 신뢰를 잃어버리게 되기 때문에.

그대들이여, 산 속에서 흰 백양나무의 시원한 그늘에 앉아 먼 들과 숲의 평화와 안온을 맛보고 있을 때면, 그대 영혼으로 고요히 말하게 하라. '신께서는 진실로 이성을 믿으신다.' 라고.

그리고 폭풍이 닥치고, 거대한 바람이 숲을 흔들며 천둥 번개가 하늘을 장엄하게 노래할 때면, 그대 영혼으로 하여금 두려움 속에서 이렇게 말하게 하라. '신께서는 정열 속에서 움직이시도다.'

라고.

　그러면 그대는 신의 영역 속의 한 숨결이며, 또 신의 숲 속의 한 잎이기에 그대들 또한 이성에서 쉬고 정열로 움직이게 되리라.

고통에 대하여

그러자 이번에는 한 여인이 말했다.
고통에 대하여 말씀해 주십시오.
그리하여 그는 대답했다.

그대들의 고통이란 그대들 오성을 에워싸고 있는 껍질을 깨는
것이다.
마치 열매의 씨를 깨뜨려야만 그 알맹이가 햇빛을 쬘 수 있는
것처럼 그대는 고통을 이해하지 않으면 안 된다.
따라서 그대가 하루하루 그대 생활 속에서 흘러나오는 기적들
을 경이로움으로 그대 마음에 간직한다면, 그대 고통도 기쁨 못지
않게 놀라움을 보이게 되리.
그러면 그대는 들판 위로 지나가는 계절들을 항상 받아들이듯
이 그대 마음의 계절을 조용히 받아들이리라. 그리하여 그대 슬픔

의 계절, 고통의 계절들을 평온하게 받아들이게 될 것을.

그대 고통의 대부분은 스스로 택한 것, 이는 그대 내부의 병든 자아를 치료해 주는 쓰디쓴 의사의 한 잔의 약이어라.

그러므로 마땅히 의사를 믿고 조용히 침착하게 내 주는 약을 마시라. 왜냐하면 의사의 손이 아무리 무겁고 비정할지라도 '보이지 않는 분' 의 보다 다정한 손길의 지시를 받고 있으니.

따라서 의사가 주는 잔은 설사 그대의 입술을 불타게 만들지라도 도공이 자신의 신성한 눈물로 반죽한 흙으로 만든 것이다.

자기 인식에 대하여

한 남자가 물었다.
자기 인식에 대하여 저희에게 얘기해 주소서.
이에 그는 대답했다.

그대들 가슴은 침묵 속에서도 밤과 낮의 비밀을 알고 있다.
그러나 그대는 이미 생각하여 알고 있는 바를 말로 듣고자 한다.
그대는 그대들 꿈의 벗은 몸뚱이를 손으로 만지고자 한다.
또 그렇게 하는 것도 당연한 일.
그대 영혼의 보이지 않는 수원水源은 반드시 솟아나 살랑거리며
바다로 흘러가리.
또한 그대들 속 무한히 깊은 곳에 있는 보배는 그대 눈앞에 드
러나게 되리라.

하지만 그대들, 미지의 보배의 무게를 달고자 저울을 찾지 말라.

그리고 그대들의 인식의 깊이를 자 또는 측연선測鉛線 따위로 재고자 하지도 말라. 자아라는 것은 무한하고 무진장한 바다이기 때문에.

결코 '내 진리를 찾았노라.' 말하지 말고 '내 약간의 어떤 진리를 하나 찾았노라.' 말하라.

'내 영혼의 길을 발견했노라.' 라고 말하지 말라. 차라리 '나의 길을 걸어가는 한 영혼을 만났노라.' 고 말하라.

왜냐하면 영혼이란 하나의 길을 따라 걸어가는 것이 아니요, 모든 길을 다 거니는 것.

영혼이란 또 갈대처럼 자라나지도 않는 것.

영혼이란 수많은 꽃잎으로 피어나는 연꽃처럼 스스로를 나타내어 피는 것.

가르침에 대하여

그러자 교사가 말했다
저희에게 가르침에 대해 말씀해 주소서.
이에 그는 말했다.

아무도 그대 깨달음의 새벽빛 속에 이미 반쯤 잠들어 누워 있는
것밖에는 아무것도 가르쳐 줄 수 없도다.

제자들에 둘러싸여 사원의 그늘을 거니는 교사는 그대에게 자
기의 지혜를 주는 것이 아니라 자신의 신념과 애정을 줄 뿐.

그가 진실로 현명하다면, 그는 그대에게 저희들 지혜의 집으로
들어오라고 명하지 않으리라. 다만 그대를 자신의 마음의 문으로
인도케 하리라.

천문학자는 자기가 이해하는 우주의 지식을 그대에게 말해 줄
수는 있어도, 자기가 깨달은 바를 말해 줄 수는 없도다.

음악가는 온 우주에 있는 운율을 그대에게 노래해 줄 수는 있을지라도, 그 운율을 끌어들이는 귀까지 그대에게는 줄 수 없고, 또 거기에서 울려 나오는 목소리까지 줄 수 없다.

또 수학에 조예가 깊은 이는 무게와 부피의 분량에 대하여 말할 수는 있을지 모르나 그대를 그 영역으로 이끌어갈 수는 없다.

왜냐하면 인간의 상상력이란 그 날개를 다른 사람에게서 빌릴 수는 없기에.

그리고 그대들 누구나가 홀로 신을 깨달아야 하듯이, 그대들 한 사람 한 사람은 신의 지식 세계에서도 또 세계의 이해 속에서도 홀로 독립해 있어야 하리라.

우정에 대하여

그러자 한 젊은이가 말했다.

저희에게 우정에 대하여 말씀해 주소서.

그리하여 그는 대답했다.

그대들의 친구는 그대 요구가 응답된 존재이다.

친구는 그대가 사랑으로 씨를 뿌려 감사로써 결실을 거두는 밭이다.

그는 그대의 식탁이며 화로이다.

그대는 허기진 배를 안고 그에게로 와서 평화를 찾을 것이다.

그대 친구가 마음을 털어놓을 때 그대는 마음속으로 '아니다.'라고 말하는 것을 두려워하지 말고 또 '그렇다.'라고 말하기를 억누르지 말라. 그가 말이 없으면 그대 가슴은 그의 가슴의 소리에 귀를 기울이리라.

말없는 우정 속에서는 모든 생각, 모든 갈망, 모든 기대가 요구하지 않아도 기쁨으로 유지되고 또 나누어지는 것.

그대들은 친구와 헤어질 때 슬퍼하지 말라.

왜냐하면 그대가 친구에게 가장 아끼는 점, 그것은 그가 부재중일 때 가장 뚜렷해지겠기에. 마치 산을 오르는 등산가가 평야에 내려와서 볼 때 산이 더욱 또렷이 보이는 것처럼.

그리고 우정을 맺는 데는 결코 영혼을 깊이 하는 것 이외에 어떤 목적도 두지 말라.

왜냐하면 사랑이 그 자체의 신비를 드러내는 것 이외에 또 다른 무엇인가를 찾는다면 그것은 이미 사랑이 아니라 다만 무익한 것만 걸리는 그물에 불과할 뿐.

그러나 그대 친구를 위하여 최선을 다하라.

친구가 그대 사랑의 조수의 썰물 때를 알고 있으면 그로 하여금 그 밀물 때도 알게 하라.

다만 시간을 보내기 위하여 찾는 친구라면 그런 친구가 무슨 소용이 있는가?

언제나 시간을 살리기 위하여 빛을 찾으라.

그대의 요구를 채워 주는 것은 친구의 우정이지 그대의 공허가 아니지 않은가.

그리하여 우정의 아름다움 속에 웃음이 깃들게 하고 또한 기쁨을 나누게 하라. 사소한 이슬방울 속에서도 마음은 아침을 찾아내고, 또다시 살아나는 것이기에.

대화에 대하여

이에 한 학자가 말했다.
대화에 대해서 말씀해 주소서.
그러자 그는 대답했다.

그대 생각하는 바가 많아서 마음이 편안치 못할 때는 말을 시작한다.
그리고 그대 마음의 고독을 참을 수 없을 때는 수다를 떨기 시작하고 그럴 때의 소리란 한낱 기분 전환이고 오락거리가 되는 것.
따라서 그대가 떠들 때는 생각하는 일의 거의 반은 희생이 된다.
왜냐하면 생각이란 한낱 공중을 나는 새로서, 말의 우리 안에서는 날개를 펼칠지라도 날 수는 없는 것.

그대들 가운데는 다만 혼자임이 두려워서 얘기꾼을 찾는 이들이 있다.

고독의 침묵은 그들 눈앞에 꾸밈없는 자아를 드러내기 때문에 저들이 피하고자 하는 것.

또한 그대들 가운데는 스스로도 이해하지 못하는 진리를 인식도 예견도 없이 드러내서 떠드는 이가 있다. 그러나 또한 저희 속에 진리를 품고 있으되 말로써는 떠들지 못하는 이들도 있으니,

이와 같은 사람의 가슴속에는 영혼이 움직이며 침묵 속에서 머무르는 것.

그대가 길에서나 시장에서 친구를 만나거든 그대 안의 영혼으로 하여금 그의 귓속의 귀에다 대화하게 하라.

왜냐하면 그의 영혼은 그대 마음의 진실을, 술맛을 잊을 수 없는 것처럼 그 빛깔이 잊혀지고 그 잔 또한 더 이상 기억되지 않을 때까지 간직할 것이기에.

시간에 대하여

천문학자가 말했다.
스승이시여, 시간에 대해선 어떻게 생각하십니까?
그때 그는 대답했다.

그대들은 잴 수도 헤아릴 수도 없는 시간을 재고자 원한다.
그대들은 그대 행동을 조정해 시간과 계절에 맞추어 그대 영혼
의 향방을 인도하고자 한다.
시간을 강물로 만들어 그대는 그 둑에 앉아 흘러감을 지켜보고
자 한다.
하지만 그대 속의 영원은 시간의 영원성을 깨닫고 있다.
그리하여 그대들 속에서 노래하고 심사숙고하는 것은 아직도
허공에 별이 뿌려지던 개벽의 그 순간에 머물러 있다.
그대들 가운데에 누가 자신의 무한한 사랑의 힘을 느끼지 못하

는가?

또 누가 그 사랑을, 비록 한계는 없다 해도 존재의 핵심에 둘러싸여 이 사람 생각에서 저 사람의 생각으로 옮기지 않고 또 이 사랑의 행위에서 다른 사랑의 행위로 움직이지 않는 그 사랑을 느끼지 못하는가.

그리고 시간이란 마치 사랑과도 같아 무한하며 구분도 없고 속도도 없는 것이 아닌가?

그러나 만일 그대 생각에 그대 시간을 계절에 맞추어 측정해야겠다면 각 계절로 하여금 모든 다른 계절을 둘러싸게 만들어라.

그리고 오늘로 하여금 추억으로써 과거를, 동경으로써 미래를 포용하게 하라.

선과 악에 대하여

그런 다음 그 도시의 원로 한 사람이 말했다.
저희에게 선과 악에 대해 말씀해 주소서.
이에 그는 대답했다.

내가 그대 안에 있는 선에 대하여는 말할 수 있지만 악에 대해서는 말할 수가 없다.
악이란 무엇인가? 다만 선이 스스로의 굶주림과 갈증으로 시달림을 받고 있음에 불과한 것이 아닌가?
참으로 선이 굶주릴 때는 어두운 동굴 속에서라도 먹이를 찾는 법, 또 목이 마를 때면 썩은 물이라도 마시는 법.

그대들, 그대 자아와 하나가 될 때는 선하다.
그러나 그대가 그대 자아와 하나가 되지 못한다 하여 악한 것은 아니다.

왜냐하면 내분이 있는 집이라고 해서 도둑의 소굴은 아닌 것이기에, 이것은 그저 집에 내분이 있을 따름인 것.

그러므로 키가 없는 배는 위험한 섬 사이를 정처 없이 표류할지라도, 밑으로 아주 가라앉지는 않는 법이다.

그대가 스스로를 베풀고자 노력할 때에만 그대는 선하다.

그러나 그대 스스로를 위해 이익을 추구할 때라도, 그대가 악한 것은 아니다.

왜냐하면 그대들이 스스로의 이익을 위하여 싸울 때도, 그대는 오직 땅속에 엉기어 그 젖을 빠는 뿌리에 불과할 뿐이므로.

참으로 열매가 뿌리에게 늘상 이런 소리를 할 수는 없지 않은가? '나처럼 무르익고 넘쳐서, 항상 그대의 풍요함을 주라.'고.

왜냐하면 열매에게는 준다는 것이 하나의 요구인 만큼 뿌리에게는 받는 것이 하나의 요구인 것과 마찬가지이다.

그대가 충분히 정신을 차리고 말을 하고 있을 때면 그대는 선하다.

그러나 그대들의 혓바닥이 목적도 없이 비틀거리며 잠들어 있을 때라 해서 악한 것은 아니다.

왜냐하면 반드시 실수하는 말이라도 허약한 힘이나마 혓바닥을 튼튼하게 할지 모르는 것이기에.

그대가 굳세고도 당당한 걸음걸이로 그대 목표를 향해 걸을 때 그대는 선하도다. 그러나 그대가 절룩거리며 그곳을 향해 갈지라도 악한 것은 아니다.

절룩거리는 사람이라고 해서 퇴행하는 법은 아니다.

그렇지만 강하고 재빠른 그대들이여, 절름발이 앞에서 친절한 행위라고 생각하면서 그대들이 절룩거리진 말라.

무수한 여러 갈래 길에서 그대는 선하고, 비록 그대가 선하지 못할 때도 악한 것은 아니다.

그대는 다만 괴롭게 헤매면서 게으름을 피우는 것에 불과하므로.

애석하여라, 노루가 거북이에게 빨리 달리는 것을 가르칠 수는 없음이여.

그대들 거대한 자아에 대한 동경 속의 그대의 선, 또한 그 동경은 그대들 모두의 가슴속에 있다.

어떤 이에겐 그 동경이 바다를 향하여 몰려가는 급류가 되어 산기슭의 비밀과 숲의 노래를 쓸어가기도 하고,

그리고 또 어떤 이에게는 그 동경이 여러 곳에서 길을 잃어 바다에 이르지도 못하고 서성거리며 배회하기도 한다.

그러나 바라는 바가 많은 이가 바라는 것이 별로 없는 이에게 '왜 그대는 게으름을 피우며 쉬는가?' 라고 묻지 말라.

선한 사람은 헐벗은 사람에게 이런 질문은 하지 않는다. '그대 옷은 어디 두었는가?' 하물며 집 없는 이에게 이렇게 묻진 않는다. '그대 집은 어떤가?'

기도에 대하여

다시 여 사제가 말했다.

우리에게 기도에 대하여 말씀해 주소서.

이에 그는 대답했다.

그대는 역경에 처하거나 급할 때만 기도를 올린다. 바라건대 그대들은 기쁨이 충만할 때나 풍족한 날에도 기도를 올리기를.

진정한 기도란 무엇인가? 그대 스스로를 생명의 정기 속에 활짝 피게 하는 것에 불과한 것이다.

그러므로 만일 기도가 그대의 평안을 위하여 허공에 그대 어둠을 퍼붓는 것이라면, 또한 이는 그대 기쁨을 위하여 그대 가슴에 서광도 쏟아붓는 것.

따라서 그대 영혼이 그대를 불러 기도하게 할 때 그대가 눈물을 흘리지 않을 수 없다면, 그대의 영혼은 비록 그대가 지금 울고 있을지라도 결국엔 웃을 수 있도록 계속 박차를 가해야 할 것이다.

기도를 할 때면, 그대는 바로 그 시각에 기도하고 있는 다른 이를 맞이하여 허공 속에서 일어서야 되리. 그러나 그 기도 속에서가 아니면 그대는 그이를 만날 수 없으리라.

그러므로 보이지 않는 그 사원을 그대가 방문하는 것은 법열과 아름다운 영교를 위하는 것 외엔 그 어떤 것도 바라지 말라.

왜냐하면 만일 그대가 구하는 것 외엔 다른 아무런 목적도 없이 사원에 들어간다 해도 그대들은 아무것도 얻지 못할 것이기에.

또한 만일 그대가 겸손하고자 거기에 들어간다 해도 그대는 구원되지는 않으리라.

또한 그대가 타인이 잘 되기를 축원하기 위해 들어간다 해도, 그대들의 기도가 받아들여지진 않으리라.

그대 보이지 않는 사원으로 들어가라.

나는 말로써 기도 드리는 방법을 그대에게 가르칠 순 없다.

신은 그 스스로가 그대 입술을 통해 말씀하실 뿐, 그대의 말에 귀를 기울이지 않는다.

그러므로 무수한 바다와 숲과 산의 기도를 내 그대들에게 가르칠 수는 없다.

단지 산과 숲과 바다에서 태어난 그대들만이 가슴속에서 그들의 기도를 찾아 낼 수 있는 것임을.

만약 그대들 한밤중의 고요에 귀를 기울인다면, 침묵 속에서 그들이 말하는 것을 듣게 되리라.

'저희의 날개 달린 자아이신 우리의 신이시여,

뜻을 두신다면 이는 저희 속의 당신의 뜻이 명하는 것이오며 뜻하는 바입니다.

갈망하신다면 어느 우리 속의 그대가 갈망하는 것입니다.

당신 것인 우리의 밤을 역시 당신의 것인 낮으로 바꾸신다면 그것도 우리 속의 그대의 강한 충동일 수밖에 없습니다.

우리는 그대에게 아무것도 요구할 수가 없습니다.

왜냐하면 그대는 우리 마음속에 욕구가 생기기 전에 이미 알고 계시는 터이니.

그대야말로 우리의 요구하는 바입니다.

그러므로 우리에게 그대 스스로를 더욱 많이 주심으로써 그대는 모든 것을 주십니다.'

쾌락에 대하여

그러자 이번에는 일 년에 한 번씩 이 도시를 방문하는 은자隱者
가 나와서 말했다.

저희에게 쾌락에 대하여 말씀해 주소서.

이에 그가 말했다.

쾌락이란 바로 자유의 노래

그러나 이것이 바로 자유는 아니어라.

쾌락은 그대들 욕망이 피어난 것이나

그것이 열매는 아니다.

쾌락은 정상을 향하여 소리치는 심연

허나 그것은 심연도 아니며 정상도 아니다.

그것은 창 안에 갇혀 있는 새가 날개를 가진 것

그러나 그것은 사방이 포위된 공간은 아니다.

그렇다, 진실로 쾌락은 자유의 노래이다.

그러므로 내 기꺼이 그대로 하여금 마음껏 그것을 노래하게 하리라. 하지만 노래함으로써 그대가 실망하는 일은 없게 하리라.

그대들 젊은이들 가운데는 마치 쾌락이 전부인 양 추구하며 애쓰는 이가 있다. 그렇다면 그들은 비방받고 또 비난받아도 마땅하다. 나는 그들을 비방하거나 비난하지 않으리. 나는 그들에게 쾌락을 찾게 하리라.

왜냐하면 저들이 쾌락을 찾게 될 때는 쾌락을 얻지는 못할 것이기에.

쾌락의 자매는 일곱. 그런데 그들 가운데서 쾌락보다 더 못난 것은 하나도 없다.

그대들은 듣지 못했는가. 땅속에서 뿌리를 캐다 보석을 찾은 사람의 이야기를.

또한 그대들 노인 가운데에 더러는 취중에 저지른 잘못처럼 후회로써 쾌락을 기억한다.

그러나 후회란 마음을 흐리게 하는 것일 뿐 마음의 징벌은 아니다.

그들은 그들의 쾌락을 감사하게 기억하며 마치 쾌락이 여름의 수확인 듯 생각하리라.

허나 후회가 그들을 위안한다면 그들로 하여금 위안받게 하라.

또한 그대들 가운데는 쾌락을 추구하기에는 젊지도 않고 또 그것을 회상할 만큼 늙지도 않은 이들이 있다.

그리고 그들은 추구하거나 기억하는 일이 두려워서, 혹은 그들이 영혼을 등한시하거나, 영혼에 죄를 짓지 않을까 걱정하며 모든 쾌락을 피한다.

그렇지만 삼가는 데도 쾌락은 있는 것.

그리하여 이처럼 비록 떨리는 손으로 뿌리를 찾아 땅을 팔지라도 역시 보석을 찾기 마련이다.

오, 나에게 말해다오.

영혼을 거역하는 이는 과연 그 누구인가?

나이팅게일이 밤의 정적을 거역하는가.

또한 반딧불이가 별을 어지럽히는가?

그리고 그대 불꽃, 아니면 연기가 바람을 괴롭힐 것인가.

생각해 보라,

영혼이 막대기로 휘저어 어지럽힐 수 있는 괴어 있는 물웅덩이인가?

때때로 그대들은 스스로 쾌락을 거부하면서 그대들 존재,

후미진 깊은 곳에 욕망을 감춰둔다.

누가 아는가,

오늘은 없는 것같이 보이지만
실은 내일을 기다리는 것이 아니라고 누가 말하겠는가?
그대 육체조차 그 물려받은 바와 그 정당한 요구를 알고 있으니,
결코 속지는 않으리라.
그대 육체는 그대 영혼의 하프로다.
그대 육체는 영혼으로부터 아름다운 음악 또는 혼란한 소리를
가져온다.

이제 그대는 그대 마음속으로 이렇게 얘기하는구나.
'어떻게 우리는 쾌락 속에서 선한 것과 선하지 않은 것을 구별
할 수가 있을까?'
그대들의 대지와 그대들의 정원으로 한번 가보라.
그러면 거기는 꽃의 꿀을 모으는 벌의 쾌락이라는 것을 알게 될
것이다.
왜냐하면 벌에게는 꽃이 생명의 원천이요, 또 꽃에게는 벌이 사
랑의 사자이므로.
이렇게 양자에게는 주고받는 기쁨이란 하나의 필요이며, 또한
황홀한 기쁨인 것을.

올펠레즈 시민들이여,
그대들 쾌락이 꽃과 벌의 경우와 같기를.

아름다움에 대하여

그러자 한 시인이 말했다.
우리에게 아름다움에 대하여 말씀해 주소서.
그리하여 그는 대답했다.

그대들은 어디서 아름다움을 찾는가. 또 아름다움 자체가 그들의 길이 되고 안내자가 되지 않는다면 어떻게 찾을 것인가?
그리고 또 아름다움이 그대의 말을 엮지 않는다면 어떻게 아름다움에 대해 말할 수 있겠는가?

괴로운 이와 상처받는 이는 말한다.
"아름다움이란 친절하고 다정하오. 자기 자신의 영광이 어쩐지 부끄러워지는 젊은 어머니처럼 아름다움은 우리들 사이를 거닐고 있소."

그런가 하면 열성적인 이는 말한다.

"아니, 아름다움은 강하고 두려운 존재, 마치 태풍과도 같이 아름다움은 우리 발밑의 대지를, 또 우리 위의 하늘을 흔든다."

피로하고 지친 이는 이렇게 말한다.

"아름다움이란 부드러운 속삭임, 아름다움은 우리 영혼 속에서 말한다. 그 목소리는 그림자가 두려워 떠는 가냘픈 빛처럼 우리의 침묵에 따른다."

그러나 불안한 이는 말한다.

"우리는 산 속에서 아름다움이 절규하는 것을 들었네. 그리고 그 절규와 더불어 말발굽 소리, 날개 치는 소리, 또한 사자의 포효 소리가 들려왔네."

밤이 오면 도시의 밤 파수꾼이 이렇게 말한다.

"아름다움은 동녘에 새벽빛과 더불어 떠오르리라."

그러나 대낮이 되면 노동자와 나그네들이 이렇게 말한다.

"우리들은 아름다움이 해질녘의 창으로부터 대지 위에 기대고 있는 것을 보았네."

이런 일들 모두가 그대들이 아름다움에 관해서 말하는 것이다.

그러나 사실은 그대들, 아름다움에 대하여 말한 것이 아니라 이루지 못한 욕구에 대하여 말한 것.

아름다움이란 욕구가 아니라 법열이다.

아름다움은 갈증에 타는 입도 아니요, 내밀고 있는 빈손도 아니로다.

오히려 불타고 있는 가슴이며, 무아경에 있는 영혼이다.

그것은 그대가 늘 보던 이미지도 아니고, 그대가 늘 듣던 노래가 아니다.

오히려 그대가 눈을 감아도 보이는 이미지며, 귀를 막아도 들리는 노래이다.

그것은 주름진 껍질 속에 있는 수액도 아니요, 날카로운 발톱에 붙은 날개도 아니다.

차라리 언제나 꽃이 만발한 정원이며 언제나 날아다니는 천사의 무리이다.

올펠레즈의 시민들이여,

아름다움이란 자기 얼굴을 덮고 있는 베일을 벗어버린 성스런 생명의 모습이다.

하지만 그대들은 생명이며, 동시에 베일인 것.

아름다움은 홀로 거울 속에 스스로를 응시하고 있는 영원이다.

하지만 그대들은 영원성이면서 동시에 거울인 것을.

종교에 대하여

한 노 사제가 말했다.

저희에게 종교에 대해 말씀해 주소서.

이에 그가 말했다.

내 오늘 그 외에 다른 무엇에 대해 말했던가?

모든 일체의 행위와 일체의 명상이 종교가 아니면 무엇이겠는가?

따라서 손이 돌을 깨고 베틀을 손질한 동안에도 영혼 속에 항상 샘솟는 경이와 경탄이 없다면 그것은 행위도 또 명상도 아닌 것.

그 누가 감히 신앙과 행동을, 또 직업과 신조를 구별할 수 있을 것인가?

그 누가 자기 앞에 자신의 시간을 펼쳐놓으면 감히 이렇게 말할 수 있을 것인가?

"이것은 신을 위한 것이며, 또 이것은 바로 내 육체를 위한 것이다."라고.

모든 그대의 시간은 모두가 다 자아에서 자아로 허공 속을 나는 날개이다.

다만 덕성을 자기의 최상의 의상으로밖에 지니지 못하는 이는 차라리 그런 의상을 벗어버리는 편이 낫다.

바람과 태양도 그의 살갗엔 어떤 구멍도 뚫을 수 없으리라.

자신의 행위를 도덕으로써만 한정하는 자는 자기의 노래하는 새를 새장 속에 가두는 것과 같다.

가장 자유스런 노래란 지휘봉이나 현을 통해서 오는 것은 결코 아니다.

그리고 열리지만 금세 닫히는 창처럼 예배드리는 사람은 아직도 새벽에서 새벽으로 통하는 창이 있는 자신의 영혼의 집을 찾아가지 못한 이다.

그대의 일상 생활이 그대의 사원이며, 또 그대의 종교인 것.

언제나 그대가 거기에 들어갈 때면 그대의 모든 것을 한꺼번에 가지고 가라.

쟁기도 풀무도 망치도 피리도, 또 필요해서든 기뻐서 했든, 그대들이 만든 모든 물건들도 가지고 떠나라.

왜냐하면 그대들 환상 속에서도 그대는 실적 이상으로 오를 수도 없고, 그대들의 실패 이하로도 떨어질 수도 없기에.

또 함께 모든 사람들도 데려가기를.

왜냐하면 숭배로써 그대는 저들의 희망 이상으로 높이 날 수도, 그들의 절망 이하로 자신을 낮출 수도 없을 것이기에.

그리고 혹 그대가 신을 알게 될지라도, 그런 까닭으로 해서 수수께끼를 풀었다고 자처하지 말라.

차라리 그대들 주위를 휘둘러보라. 그러면 신께서 그대들의 어린이들과 놀고 계심을 알게 되리라.

그리고 허공을 쳐다보라. 그러면 그대들은 신께서 구름 속을 걸어다니시며, 또 비를 타고 내리시는 것을 보게 되리라.

그대는 또 신께서 꽃 속에서 미소를 짓다가 나무들 사이로 손을 흔드는 것도 보게 되리라.

죽음에 대하여

다시 알미트라가 입을 열어 말했다.

이제 우리는 죽음에 대해 묻고 싶습니다.

이에 그는 대답했다.

그대들은 죽음의 비밀을 알고 싶어하는구나.

그러나 그대가 죽음을 생명의 중심 속에서 찾지 않는 한 어떻게 그러한 것들을 찾아 낼 수 있을 것인가?

밤에만 보이는 눈을 가진 올빼미는, 낮에는 눈이 멀어 빛의 신비를 밝힐 수 없는 것을.

그대들이 만일 진실로 죽음의 영혼을 볼 수 있다면 그대들의 마음을 널리 생명의 본체를 향해 열라.

왜냐하면 삶과 죽음의 강과 바다가 하나인 것과 같다.

그대 희망과 갈망의 심연 속에서 그대들은 말없는 저 미지의 세계의 지식을 깨닫는다.

그렇게 폭설 속에서 희망을 품는 씨처럼 그대 마음은 내일을 꿈꾼다.

꿈을 믿으라. 꿈속에 영원으로 가는 문이 굳게 숨겨져 있으니.

그대들의 죽음에 대한 공포는 목자가 왕 앞에 섰을 때 몸이 떨리는 것에 불과한 것일 뿐. 왕의 손길이 그에게 내려진 것뿐.

목자는 몸이 떨렸지만, 속으로는 그 아니 기쁘겠는가. 그가 왕이 주는 표적을 달게 되었으니.

그는 떨리는 몸에 대하여 더욱 신경 쓰지 아니하겠는가?

왜냐하면 죽음이란 다만 바람 속에 알몸으로 서서 햇빛에 녹는 것이 아니고 과연 무엇인가?

그리고 숨이 멈추는 것. 그것은 쉼 없이 출렁이는 물결에서 숨을 해방하는데 불과한 것, 숨이 높이 퍼지고 올라가서 어떤 번민도 없는 신을 찾고자 하는 것 외에 또 무엇이겠는가?

그대는 오직 침묵의 시내에서 물을 마실 때에만 진실된 노래를 하게 되리라.

그리고 그대가 산꼭대기에 이르렀을 때에만 비로소 그대들은 오르기 시작하는 것이 되리라.

그리고 대지가 그대 사지를 요구할 때, 그때에만 그대는 진실로 춤추게 될 것을.

고별에 대하여

드디어 일몰 때가 되었다.

예언녀 알비트라는 말했다.

이 날과 이 장소와 말씀하신 그대 영혼이시여, 부디 축복 있으소서.

이에 그는 대답했다.

나는 말하는 이였던가? 나 또한 듣는 이가 아니었던가?

이윽고 그가 사원의 계단을 내려가자 모든 사람들이 그의 뒤를 따랐다.

그는 배에 이르러서 갑판 위로 올라섰다.

그리고 다시금 시민들을 향하여 소리 높여 말했다.

올펠레즈 시민들이여, 바람은 내게 그대들과의 고별을 재촉하노라. 바람보다 내 서둘지는 않지만 나 역시 가지 않을 수 없도다.

우리들 방랑자들은 항상 보다 외로운 길을 찾아가며 우리들은 하루를 끝냈던 곳에서 다시 새로운 길을 시작하진 않는다. 그래서 황혼이 우리를 작별했던 곳에서 아직 우리는 어떤 새벽도 맞이하지 못했다.

대지가 잠들어 있는 동안에도 우리는 길을 가야 하리라.

우리는 끈기 있는 나무의 씨앗. 그러므로 우리가 성숙하여 알맹이가 충실할 때 우리는 바람에 몸을 맡겨 흩어진다.

짧기도 한 그대들과 보낸 날이여, 내 그대들에게 전한 말은 더욱 짧았구나.

그러나 만일 내 목소리가 그대 귓가에서 사라지고, 내 사랑이 그대들의 기억에서 사라질 무렵이면 다시 찾아오리라.

그리하여 영혼에 순종하는 보다 풍요한 가슴과 입술을 갖추어 내 말을 전하리라.

그렇다, 세월 따라 다시 돌아오게 되리라.

비록 죽음이 나를 숨길지라도, 보다 거대한 침묵이 나를 덮을지라도, 또다시 나 그대들의 이해를 찾아오리라.

그러나 결코 헛되이 구하지는 않으리라.

혹 내 말한 바에 다소나마 진리가 있다면, 그 진리는 보다 뚜렷하고 명쾌한 그대 사상에 더욱 가까운 말로써 스스로를 나타내리라.

나는 바람 따라 가노라, 올펠레즈 시민들이여. 허나 내 허공으로 굴러 떨어지는 것은 아니다.

그러므로 만약 오늘 그대 욕구와 내 사랑이 충족되지 않았다면, 또 다음날까지 약속의 날을 기약하기를.

인간의 욕구는 변하지만 인간의 사랑은 변하지 않는 것. 또한 사랑이 만족시켜야 할 갈망도 변하지 않는 것.

그러므로 인식하라. 더욱 거대한 침묵으로부터 내 다시 돌아오리라는 것을. 새벽에 떠도는 안개는 들판에 이슬밖에 남기지 않지만, 다시 일어나 구름이 되고 비가 되어 내리리라. 나 역시 그 안개와 다름없었으니.

고요한 밤 정적 속에 나 그대들의 거리를 거닐었고, 내 영혼은 그대들의 집으로 찾아갔다. 그래서 그대 심장의 고동은 내 가슴속에서 뛰었고, 그대 숨결은 내 얼굴을 스쳤으며, 나는 그대들 모두를 알았다.

그렇다, 내 그대들의 기쁨과 고통을 알았다. 또 그대가 잠을 자면 그 꿈이 바로 내 꿈이었다. 그리하여 때로 산 속의 한 호수처럼 내 그대 가운데 있었다. 나는 그대들에게 산정의 모습을 비추었고, 비탈진 기슭과 심지어는 그대들을 스치는 생각과 욕망의 무리까지도 비추었다.

그 다음 그대 아이들의 웃음이 시내처럼 내 침묵을 향하여 밀려왔고, 그대 청춘의 동경은 강물처럼 밀려왔다.

그런데 저들이 내 마음속의 밑바닥까지 이르렀을 때도 시냇물과 강물은 여전히 노래를 멈추지 않았다.

그러나 웃음소리보다도 더 달콤하게, 동경보다도 더 거룩하게 내게 다가오는 것이 있었으니.

그것은 그대들 속의 무한한 존재, 거대한 그의 품속에서 그대는 다만 세포이며 근육이며, 또 그분의 찬가 속에서 그대가 노래하는 것은 모두가 소리 없는 고동에 불과할 뿐이다.

이 거대한 분으로 말미암아 그대는 거대하게 되고, 또 그분을 봄으로써 나는 그대를 보고 또 그대를 사랑하는 것이다.

왜냐하면 이 거대한 하늘에도 있지 않은 어느 먼 거리에 사랑이 이를 수 있을 것인가?

어떤 환상, 어떤 기대, 또 어떤 추측이 사랑보다 높이 올라갈 수 있을 것인가?

사과꽃으로 덮인 거대한 떡갈나무와도 같이 그대 속에는 거대한 분이 자리하고 있다.

그이의 위력이 그대를 지구에 묶어 주고,

그이의 향기가 그대를 우주로 올리고,

그이의 영원성으로 그대는 영원불멸하다.

그대는 들었으리라, 그대들의 존재란 마치 쇠사슬과도 같으며 그 중 가장 허약한 고리만큼도 아무런 힘이 없다는 말을.

허나 이는 반쪽의 진리 외에는 안 되는 것. 그렇다면 역시 그대는 가장 튼튼한 고리처럼 강하기도 한 것.

그대의 지극히 사소한 행동으로써 그대를 측정한다는 것은 덧없이 연약한 물거품으로 대양의 힘을 계산하려는 것과 같다.

그대들의 실패로써 그대들을 심판하려 함은 변화무쌍하다 하여 계절을 비난하는 것과 같다.

그렇다, 그대들은 드넓은 바다와도 같다.

비록 거대한 배가 그대들의 기슭에서 조수를 기다릴지라도, 그대들은 역시 큰 바다와도 같이 그 조수를 재촉할 수는 절대로 없다.

또한 그대들은 절기와도 같다.

따라서 그대들의 겨울이 되면 봄을 거부할지라도, 봄은 그대들 속에서 쉬면서 나른한 속에서도 미소를 지으며 성내지 않는다.

그러나 이러한 내 말들을, 그대들끼리 서로 '그이는 우리를 찬미하신다. 그이는 우리 속에 선한 것만 보신다.' 라고 말해도 좋다고 한 얘기라고는 생각지 말라.

나는 다만 그대들 스스로 생각함으로써 깨닫고 있는 것을 말로 한 것일 뿐.

그런데 말의 지식이란 무엇인가?

다만 말없는 지식의 그림자에 불과하다.

그대들의 생각과 나의 말들이란 우리의 과거 기록을 간직한, 봉인된 기억에서 일어난 물결들이므로.

또 우리는 물론 대지 스스로도 모르던 태고의 낮의 기록과, 혼돈으로 어지러웠던 대지의 밤의 기록을 간직한 봉인된 기억으로부터 일어난 물결이다.

현자들은 지혜를 주고자 그대에게 왔다. 그러나 나는 그대의 지혜를 뺏고자 다시 찾아왔다.

그런데 보라, 내 지혜보다 더 위대한 것을 찾아 냈으니.

그것은 그대들 속에서 언제나 스스로 모여 더욱 불타는 영혼.

그런데 그대는 그것이 커가는 데도 한탄하도다.

육체 속에서만 생명을 찾고자 하는 삶에게 무덤은 두려운 것.

그러나 여기에 무덤은 없다. 이 산과 들은 한갓 요람이요, 디딤돌이다.

그대들 조상의 뼈를 묻은 땅을 지날 때마다 거기를 자세히 살펴
보라. 그러면 그대는 거기서 그대들 자신과, 그대들의 어린이들이
손에 손을 잡고 춤추는 것을 보게 되리라.

정말로 그대들은 종종 영문도 모른 채 흥겨워한다.

다른 이들도 그대들에게 왔었다. 그대 신앙을 이룬 귀중한 약속
을 위하여 그대는 부귀와 권력과 영광만을 주었다.

변변한 약속 하나도 내드리지 못했건만, 그럼에도 불구하고 그
대들은 나에게 더욱더 관대했다.

그대들은 내게 보다 심오한 삶에의 갈망을 주었다.

분명히 자기의 모든 목적을 타오르는 입술로, 온 생명을 샘으로
바꾸는 것보다 더 큰 선물이 인간에게는 없다.

결국 이 속에만 나의 영광과 보상이 들어 있는 것이다.

그러나 샘으로 물을 마시러 올 때면, 생명의 물 자체도 목마르
고 있음을 나는 안다.

그리하여 생명의 물을 마시고 있는 동안 샘물은 나를 마신다.

그대들 가운데 더러는 내가 선물을 받기에는 자존심이 강하고
또 지나치게 수줍어한다고 생각하고 있다.

진실로 보수를 받기에는 너무도 자존심이 강하지만, 선물을 받
는 데는 그렇지 않다.

그래, 그대들이 나를 그대들의 식탁에 앉히고자 할 때, 내 비록 들판에서 딸기를 뜯어먹을지라도.

또 그대가 기꺼이 나를 보호해 주고자 할 때 비록 사원의 현관에서 잠을 잘지라도,

언제나 내 먹을 것을 맛있게 해주고, 또 내 잠을 환상으로 감싸주는 것은, 나의 모든 날들을 사랑하는 그대들이 근심해 주는 까닭이 아니겠는가?

이것에 대해 그대에게 축복을 하리라.

그대들은 많은 것을 주고도 전혀 자신이 무엇을 베풀었는지도 모름을.

실로 거울 속에서 자신만을 응시하며 행하는 친절이란 무익한 것으로 변하며, 또 스스로를 찬미하기 위한 선행이란 저주의 근원이 될 뿐.

그런데 그대 중에 더러는 나를 초연하다고 일컫고 스스로의 고독에 취해 있다고 말한다.

그리고 그대는 이렇게 말한다.

"그이는 숨은 우리들과 회합을 갖지만 사람들과는 회합을 갖지 않는다. 그는 산꼭대기에 홀로 앉아서 우리의 도시를 가만히 내려다보기만 할 뿐."

내가 산을 오르며 먼 곳에 돌아다녔던 것은 사실이었다.

지극히 높이 오름이 없이, 지극히 멀리 떠남이 없이, 내 어떻게 그대를 볼 수 있을 것인가?

사람이란 멀리 떨어져 있지 않고서야 정말 어떻게 가까울 수 있을 것인가.

또 그대들 중에서 더러는 나를 부르되 말로써 하지 않고 이렇게 소리친다.

"낯선 이들이여, 낯선 이들이여, 닿을 수 없는 높은 데를 좋아하는 이여. 무엇 때문에 그대는 독수리들이나 둥지를 짓는 산꼭대기에 깃들이는가. 무엇 때문에 그대는 얻을 길 없는 것들을 추구하는가? 그대 그물에 어떤 폭풍을 잡아챘으며, 또 어떤 날랜 새를 그대는 허공에서 잡으려 하는가? 와서 우리와 하나가 되시라. 내려와서 우리의 빵으로 허기를 달래고 술로 그대의 갈증을 푸시라."

저들의 영혼은 고독하기에 이런 말들을 했다. 그러나 저들의 고독이 더욱 깊어졌더라면, 저들은 내가 그대들의 기쁨과 고통, 비밀만을 찾고 있다는 것을 알았으리라.

그리고 또한 허공을 거니는 그대의 더 큰 자아만을 좇았을 뿐.

그러나 사냥꾼 역시 사냥을 당하는 자. 왜냐하면 내 활에서 떠나간 많은 화살이 마침내는 내 가슴에 와 꽂혔어라.

또 날아가는 자는 동시에 기어가는 자였으니.

내 날개가 햇빛 속에 처졌을 때, 땅에 비친 저들의 그림자는 하나의 거북의 모습이었다.

그리하여 나를 믿는 자는 또한 의심하는 자이다.

왜냐하면 때때로 그는 나의 상처에다 손가락을 대고는 더 큰 신념을 얻고, 더 위대한 지혜를 얻고자 했다.

그리하여 나는 이러한 신념과 이러한 지식으로써 말하노니,

그대 육체 속에 갇혀 있는 것도 아니며 집 또는 들에 연금을 당하고 있는 것도 아니다.

그것은 산 위에 머무르고 바람 따라 헤맨다.

그것은 따뜻함을 찾아 양지쪽으로 기어다니거나, 어두운 데다 구멍을 파는 물건도 아니요,

다만 자유로운 존재, 지구를 감싸고 창공을 움직이는 하나의 영혼이다.

비록 이 말들이 모호할지라도 그것을 밝혀보려고 시도하진 말라. 모호하고 또 혼란하여라. 일반 존재의 기원이여. 허나 저들의 목표는 그렇지 않도다.

그래 내 기꺼이 하나의 기원으로써 나를 그대들에게 기억하게 하라.

생명이 살아 있는 삼라만상은 안개 속에서 잉태된 것이지 결정

체에서 태어난 것이 아니다.

하지만 누가 아는가? 결정체라는 것도 사라지는 안개에 불과한 것을.

나를 기억한다면 이것 또한 기억해 주기를.

그대들 속에서 가장 허약하고 갈피를 못 잡는 것이 가장 강하고 가장 결정적인 것임을.

그대의 골격을 꼿꼿이 세우고, 또 굳세게 하는 것은 그대들의 호흡이 아닌가?

또 그대들의 도시를 세우고 그 속에다 온갖 것을 꾸며놓은 것은 일찍이 그 누구도 꿈꾸었다고 기억하지 못하는 꿈이 아닌가?

그대가 그 숨결의 조류를 볼 수만 있다면 그대는 다른 모든 것들을 보기를 그만두리라.

또 만일 그대가 그 꿈의 속삭임을 들을 수 있다면 그대는 모든 다른 소리를 아예 듣지 않으리라.

그러나 그대는 볼 수도 없고, 또 들을 수도 없다. 그것은 당연한 일.

그대 눈을 흐리게 하고 있는 베일은, 그것을 단지 짠 손으로만 거두어질 뿐.

또 그대 귀를 채우고 있는 진흙은, 그것을 반죽한 손으로만 뚫려질 것이다. 그러면 그대는 보게 되리라.

그러면 그대는 듣게 되리라.

그렇다 하여도 그대는 눈이 어두운 것을 알았다고 슬퍼하지 말라.

또 귀가 막혔다고 뉘우치지 말라.

왜냐하면 그날이 오면 그대는 우주 만상에 숨겨져 있는 목적을 깨닫게 되리라.

또 그대들은 빛을 축복하듯이 그대들의 어둠도 축복하게 되리라.

그는 이런 말들을 한 뒤에, 주위를 둘러보았다. 그러자 자기를 태우고 갈 배의 선장이 키 옆에 서서, 돛이 부푸는 것과 먼 데를 응시하고 있는 것이 보였다.

그는 이렇게 입을 열었다.

끈기 있고도 끈기 있도다, 내 배의 선장이여.

바람은 불고 소란스러워라.

돛이여, 키마저 명을 고대하고 있도다.

그래도 선장은 여전히 내 침묵만을 기다리고 있구나.

그리고 더욱 거대한 바다의 합창을 들어온 이들.

오, 내 뱃사람들이여.

저들 역시 끈기 있게 내 말을 들어왔도다.

이제 저들은 더 이상 기다리지 못하리라.

나도 물론 준비가 되었다.

강물이 바다에 이르렀고, 다시 한 번 위대한 어머니는 자신의 품에 아들을 안으신다.

잘 있으라, 그대들 올펠레즈 시민들이여.

이날은 끝났도다.

마치 수련꽃이 내일을 향해 눈을 감듯이, 이 날도 우리들 위에서 스스로를 닫고 있다.

우리 여기서 얻은 것, 그것을 우리는 간직하게 되리. 그리하여 만약 그것이 충분하지 못하다면, 그때 우리는 다시 함께 시혜자에게 손을 내밀어야 하리라.

내 그대에게 돌아오리라는 것을 잊지 말라.

얼마 있지 않아 내 열망은 또 다른 육체를 만들려고 먼지와 거품을 모으리라.

잠깐 바람 위에 일순간의 휴식이 오면, 또 다른 여인이 나를 낳으리라.

잘 있거라, 그대들이여. 또 그대들과 더불어 보낸 청춘이여.

우리 꿈길에서 만난 것도 다만 어제 일.

내 고독 속에 묻혔을 때 그대는 내게 노래를 불러 주었고,

또 나는 그대의 열망으로 하늘에 탑을 하나 쌓았다.

그러나 이제 우리의 잠은 사라지고, 우리의 꿈은 깼고 이미 새

벽도 아니로다. 한낮이 닥쳐와, 우리의 잠이 깨더니 벌써 잊어가는 낮이 되었으니, 우리는 서로 떠나야 한다.

만일 기억의 새벽빛 속에서 우리가 다시 한 번 만나게 된다면, 다시 함께 얘기할 수 있으리라. 그리고 그대 나에게 더욱 심오한 노래를 불러 주게 될 것을.

또 만일 우리의 손이 또 다른 꿈속에서 만나게 된다면, 우리는 하늘에 또 하나의 탑을 쌓게 되리라.

이렇게 말하면서 그가 뱃사람에게 신호를 보내자, 그들은 닻을 끌어올리고 정박지에서 빠져 나와 동쪽으로 배를 몰아 떠났다.

그러자 모든 사람들에게서 한 사람의 가슴에서 터져 나오는 듯한 절규가 터졌다. 그 소리는 어스름 속으로 올라가서는 큰 나팔 소리와도 같이 바다 위로 퍼져나갔다.

다만 알미트라만이 말이 없었다. 잠잠히 배를 응시하는 가운데 배는 안개 속으로 자취를 감추었다.

그리하여 사람들이 모두 흩어졌는데 그녀는 여전히 방파제 위에 홀로 서서 가슴속에 그가 한 말을 기억하고 있었다.

"잠깐 바람 위에 일순간의 휴식이 오면, 또 다른 여인이 나를 낳으리라."

순간이란 이별의 영원한 시간을 포함합니다.
그러나 이별이란 단지 마음이 고갈된다는 것 이외에는 아무것도 아닙니다.
어쩌면 우리는 헤어져 있었던 것이 아닐지도 모릅니다.

제 2 장

예언자의
동산

Kahlil Gibran

고향에 돌아와서

알무스타파, 선택받고 사랑받은 사람, 자신의 생애 중 전성기에 이른 그는 티치렌, 곧 '회상의 달'이라 불리는 달에 그가 태어난 섬으로 돌아왔고 자신을 태운 배가 항구에 다다랐을 때, 그는 뱃머리 위에 올라 서 있었으며 뱃사람들은 그의 주위에 있었다. 그의 마음은 고향에 돌아왔다는 기쁨으로 들떠 있었다.

그가 말하자, 바다는 그의 목소리 안에서 출렁거렸다.

"보십시오, 우리가 태어난 섬입니다. 여기에서도 대지는 우리의 가슴을 벅차 오르게 합니다. 노래와 불가사의한 수수께끼로 말입니다.

하늘까지 퍼지는 노래, 땅에 펼쳐진 수수께끼.

그런데 우리가 지닌 열정을 빼놓는다면 땅과 하늘 사이에서 노래와 수수께끼를 풀 만한 것이 무엇이 있겠습니까?

바다는 이 나라 해변으로 우리를 다시 한 번 데려다 주었습니다.

단지 우리는 파도치는 바다의 또 하나의 물결에 불과합니다. 바다는 스스로 할 말을 알리려고 우리를 낳아 세상에 보냈지만, 우리가 평형을 이루고 있는 마음을 바위와 모래에 부딪치지 않는다면 어떻게 바다가 하는 말을 전할 수 있을는지요? 이 일을 이루기 위해 뱃사람의 서약과 바다가 있습니다.

만약 당신이 자유롭다면, 안개로 변할 수밖에 없습니다. 형체가 없는 것은 영원히 형체를 찾고 있습니다. 마치 셀 수 없는 별무리와 해와 달이 되듯이 말입니다. 그러므로 많은 것을 구하려고 하다가 고정된 형체를 지니고 있는 섬으로 돌아온 우리는 다시 한 번 안개로 태어나서 처음부터 배워야 합니다. 그래요, 열정과 자유로 살아, 부서지는 것을 빼놓고 살아서 산봉우리에 올라갈 방법은 무엇이 있겠습니까?

우리는 스스로 노래하고, 노래를 들려 주기 위해서 영원히 해변을 탐구해야 할 것입니다. 그러나 들어 줄 사람이 하나도 없는 곳에 부딪치는 물결은 어떻게 되는지요? 우리의 깊은 슬픔을 치료하는 사람은 바로 우리 안에 있는 귀가 먹은 사람입니다. 그런데 우리 영혼에 형상을 새겨 주며 우리의 운명을 만들어 주는 사람 역시 바로 귀먹은 사람입니다."

그러자 뱃사람 중에 한 사람이 나와서 말했다.

"선생님, 당신은 이 항구를 그리워하는 우리를 이끌어 왔습니다. 보십시오, 우리는 마침내 돌아왔습니다. 그런데 당신은 부서져버릴 마음이나 슬픔만을 말씀하고 계십니다."

알무스타파는 뱃사람에게 말했다.
"나는 자유를 말했고, 그리고 우리의 좀더 큰 자유인 안개에 관해서 말하지 않았습니까? 그러나 자유는 내가 태어난 이 섬을 순례하려는 고통이기도 합니다. 마치 살해당한 사람의 혼령이 자기를 살해한 사람 앞에 먼저 무릎을 꿇으려고 온 것과 마찬가지입니다."

그러자 다른 뱃사람이 말했다.
"저 방파제 위의 군중을 보십시오. 저들은 침묵 속에서 당신이 오실 날과 시간까지 예언했지요. 그리고 그들이 진정으로 바랐기에 논밭과 포도원을 떠나 이렇게 모여들었습니다. 당신을 기다리려고요."

그러자 알무스타파는 멀리 있는 군중을 바라보면서, 그들의 가슴에 꽉 차오른 갈망을 느꼈다. 그리고 그는 입을 다물었다.
그러자 사람들은 울부짖었다. 그것은 옛일을 기억하여 애원하는 함성이었다. 그는 뱃사람들을 보고 말했다.

"내가 저들에게 준 것은 무엇입니까?

나는 멀리 떨어진 곳에 사는 사냥꾼이었습니다. 표적을 정하고 그들이 내게 준 황금 화살을 힘껏 쏘았지만, 그러나 나는 단 한 마리도 떨어뜨리지 못했습니다. 나는 화살을 쫓아가지도 않았습니다. 아마도 화살은 상처투성이가 되었지만 땅에 떨어지지 않은 독수리의 깃털과 함께 지금은 햇살 속에 펼쳐져 있을지도 모릅니다. 그리고 어쩌면 화살촉들은 빵과 술이 필요한 사람들 손에 떨어졌을지도 모르지요.

나는 화살들이 어디로 날아가고 있는지 알지 못합니다. 그렇지만 나는 알고 있습니다.

화살들이 곡선을 만들며 하늘을 날아가고 있다는 것을.

그렇더라도 사랑의 손길은 아직도 나와 당신의 이마에 머물고 있으며, 또한 당신들, 나의 뱃사람들은 나의 꿈을 인도할 것이며, 그리고 나는 벙어리가 되지 않을 것입니다. 나는 계절의 손길이 목구멍에 닿으면 목청껏 소리칠 것이며, 나의 입술이 불꽃으로 타오를 때에는 힘껏 노래를 부르며 얘기할 것입니다."

그러자 사람들은 그의 말 때문에 가슴이 벅차올랐다.
이어서 한 사람이 얘기했다.

"선생님, 우리 모두에게 가르쳐 주십시오. 아마도 당신의 피가 우리의 핏줄에 흐르고 있기 때문에, 또한 우리의 숨결에 당신의 향기가 가득 차 있을지도 모르기 때문에, 우리는 당신의 가르침을 이해할 수 있을 것입니다."

그때 그는 그들과 대화하기 시작했고, 바람은 그의 음성에 맴돌기 시작했다.

"당신들은 내게 선생님이 되어달라고 내가 태어난 섬에 데리고 왔습니까? 하지만 아직도 나는 지혜를 터득하지 못했습니다. 너무도 젊은 나는 완전한 풋내기에 불과하며, 영원히 바다를 부르고 깊은 바다, 곧 나 자신 외에는 어떠한 것도 얘기할 수 없습니다.

지혜를 지닌 사람은 산과 들에 자라는 미나리아제비꽃이나 눈곱만한 찰흙에서 그 지혜를 찾도록 내버려두십시오. 나는 여전히 노래하는 사람입니다. 언제나 땅을 노래하고 당신의 잃어버린 꿈, 곧 잠과 잠 사이의 낮에 돌아다니는 꿈을 노래할 겁니다. 허나 나는 바다를 응시하겠지요."

그리고 나서 배는 항구에 들어섰고 바닷가 언덕에 닿았으며, 그는 그가 태어난 섬에 돌아와서 다시 사람들 가운데에 서 있었다. 사람들은 마음으로부터 우러나오는 거대한 함성을 질러서, 그의 가슴속에서 귀향하고 싶어하던 외로움을 뒤흔들었다.

그리고 사람들은 말없이 그의 말을 기다리고 있었으나 그는 침묵하고 있었다. 왜냐하면 슬픈 기억이 떠올랐기 때문이다. 그는 마음속으로 얘기했다.

'나는 노래할 거라고 말했던가? 아니다, 나는 단지 입만을 열 뿐이고 생명의 음성이 울려나와 기쁨과 노래 반주를 찾아 바람 속으로 흩어질 것이다.'

그러자 카리마, 곧 그가 어렸을 때 어머니의 동산에서 함께 놀던 여인이 말했다.

"당신은 십이 년 동안이나 우리에게 얼굴을 나타내지 않았고, 그 십이 년 동안 우리는 당신의 목소리를 타는 목으로 주리며 오랫동안 갈망해 왔답니다."

그는 그녀를 정다운 눈길로 유심히 바라보았다. 왜냐하면 하얀 죽음의 날개가 그의 어머니를 데리고 갔을 때 어머니의 눈을 감겨 준 사람이 바로 이 여인이었기 때문이다.

그가 대답했다.

"십이 년? 카리마, 당신은 지금 십이 년이라고 말했습니까? 나는 별빛이 반짝이는 세월의 잣대를 가지고 나의 그리움을 측량하지 않았고, 그 시간으로부터 깊은 심연에서 울리는 소리도 듣지 못했습니다. 왜냐하면 사람이 지독하게 고향을 그리워할 때, 사랑이란 시간의 길이와 시간의 소리를 쓸모없게 만들어버리니까요.

순간이란 이별의 영원한 시간을 포함합니다. 그러나 이별이란 단지 마음이 고갈된다는 것 이외에는 아무것도 아닙니다. 어쩌면 우리는 헤어져 있었던 것이 아닐지도 모릅니다."

그리고 알무스타파는 사람들을 휙 둘러보았다. 젊은이와 노인, 키 큰 사람과 키 작은 사람, 바닷사람과 태양에 그을려 혈색이 불그스레한 사람들과 창백한 안색을 지닌 사람, 그렇지만 그들의 얼굴에는 그리움과 궁금함의 빛이 역력히 나타나 있었다.

한 사람이 다급히 소리쳐 물었다.
"선생님, 생명은 우리의 희망과 욕망을 잔인하게 다루었습니다. 우리의 마음은 불안하고 저희들은 그러한 것들을 이해할 수 없습니다. 당신께 간청합니다. 우리를 위로해 주시고 우리가 지닌 슬픔의 의미를 밝혀 주십시오."

알무스타파는 연민으로 가득해서 말했다.
"생명이란 살아 있는 어느 것보다 오래된 것입니다. 말하자면 아름다운 것이 이 땅에 태어나기 전에 날개를 펼치고 있었듯이,

진실은 전해지기 전에도 진실 그 자체로서 존재했듯이 말입니다.

생명은 우리의 침묵 속에서 노래하고 우리가 살짝 풋잠에 들면 꿈을 꿉니다. 심지어 우리가 기운을 잃고 지쳤을 때에도, 생명은 힘을 얻어 의기양양합니다. 게다가 우리가 울 때도 생명은 그날의 일에 웃음 짓고, 그리고 우리가 스스로 자신의 쇠사슬에 매였을 때도 생명은 늘 자유롭습니다.

때때로 우리는 생명을 잔인한 이름으로 얘기하지만, 단지 우리 자신이 잔인하고 어두워질 때만 그렇게 합니다. 그리고 우리는 가끔 생명을 공허하고 덧없는 것으로 여기곤 합니다만 그때는 영혼이 쓸쓸한 장소에서 방황할 때이거나 혹은 마음이 너무 자기 자신에게 도취해서 취해 있을 때만 그렇습니다.

생명은 깊고 높으며 또한 아득히 멀리 있습니다. 그리고 그대가 광대한 시각으로 생명의 발끝에 다다를 수 있을지 모르나, 생명은 늘 가까이에 살아 숨쉬고 있습니다. 비록 당신 호흡의 숨결이 간신히 생명의 가슴에 닿거나, 당신의 그림자가 생명의 얼굴에 드리우고, 당신이 부르짖는 가장 연약한 울음소리의 메아리가 생명의 가슴에서 봄과 가을이 되더라도 생명은 항상 당신 가까이에 있습니다.

또한 생명은 얇은 너울에 가려 있고 숨겨져 있습니다. 당신의 좀더 큰 자아가 숨겨 있고 가려 있듯이 말입니다. 그럼에도 불구하고 생명이 말을 하면 모든 바람은 말로 변해 버립니다. 이어서 생명이 다시 한 번 말을 하면 당신 입술의 미소와 당신 눈가에 남은 눈물은 말이 되어버립니다.

그리고 생명이 노래하면 귀머거리도 듣고 감동하고, 생명이 걸어서 오면 소경도 생명을 보고 깜짝 놀라서 놀라움과 환희에 젖어서 생명을 따라갑니다."

그가 말을 마치자 광막한 침묵이 사람들을 에워쌌으며, 침묵 속에서 들리지 않는 조용한 노래가 맴돌았고, 그들의 외로움과 쓰린 고통은 편안한 안식을 얻게 되었다.

예언자의 동산

　이윽고 그는 그들을 떠나서 동산으로 향하는 오솔길을 향해 걸어갔다. 그가 가는 동산에는 그의 어머니와 아버지가 묻혀 있고, 그들의 조상들이 조용히 잠들어 있는 곳이다.

　그가 귀향하는 모습을 보려고 그를 따라가는 사람들도 있었다. 그런데도 그는 혼자였다. 그곳 사람들이 베푸는 풍습에 따라 환영 잔치를 베풀 만한 그의 친척은 한 사람도 존재하지 않았기 때문이다.

　그러나 그들에게 조언해 주던, 그가 탔던 배의 선장은 말했다.

　"그가 그의 길을 가게 허락하십시오. 왜냐하면 그의 빵은 외로움에 지친 빵이요, 그의 술잔 안에 든 술은 그가 홀로 마셔야 될 회상의 포도주이니까요."

　그러자 선원들은 걸음을 멈추고 그를 쳐다보았다. 왜냐하면 그들도 선장이 말한 대로 홀로 있어야 한다는 사실을 알았기 때문이었다. 아울러 방파제에 모여 따라가고자 했던 마음을 억제했다.

단지 카리마 홀로 작은 오솔길을 따라 그의 외로움과 그의 추억을 사모하면서 알무스타파를 좇아갔다. 그러나 그녀는 단 한마디 말도 하지 않다가 길을 바꾸어 집으로 돌아가면서, 동산 안에 있는 복숭아나무 아래에서 울고 있었다. 우는 까닭도 모르는 채.

가련한 국민 이야기

알무스타파는 어머니와 아버지 동산을 찾아갔다. 그리고 동산에 들어가, 들어오는 사람이 없도록 문을 잠가버렸다.

그리고 40일 낮과 40일 밤 내내 그는 동산의 집에서 홀로 지냈다. 그동안 아무도 오지 않았으며, 심지어는 문 앞에 다가오는 사람도 없었다. 왜냐하면 문은 잠겨 있었고, 모든 사람들이 그가 홀로 있으려 하는 것을 알고 있었기 때문이다.

이어 40일 낮과 40일 밤이 지나자, 알무스타파는 문을 열고 사람들을 안으로 맞이했다.

그와 함께하려고 아홉 사람이 동산 안으로 들어왔다. 그와 같이 배를 타고 온 세 명의 뱃사람과 사원에서 봉사하는 세 사람, 그리고 그와 어릴 적에 함께 놀던 친구 세 사람이 있었다. 이 사람들은 그의 제자들이었다.

아침에 제자들은 알무스타파 앞에 둘러앉았고, 알무스타파의 눈에는 아득한 추억들이 감돌고 있었다. 그러자 하피쯔라고 불리는 한 제자가 그에게 물었다.

"스승이시여, 우리에게 올펠레즈 도시에 관해서 그리고 십이 년 동안 머물렀던 나라에 관해서 말씀해 주십시오."

그러자 알무스타파는 아무 말이 없이 멀리 언덕과 드넓은 창공을 둘러보았는데, 그의 침묵은 고통스러운 듯이 보였다.

그리고 나서 한참만에 그는 천천히 얘기했다.

"나의 친구여, 그리고 나의 길동무들이여,

신앙은 충만하면서도 종교는 전혀 없는 불쌍한 국민을 가련히 여기십시오. 그 나라 안에서 짜지 않은 옷을 입고, 그 나라에서는 추수하지 않은 빵을 먹으며, 그 나라의 포도주 짜는 술통에서 짜지 않은 포도주를 마시는 국민을 불쌍히 여기십시오.

난폭한 사람들은 영웅이라고 박수갈채를 보내며 섬기거나, 빛나는 정복자를 너그럽다고 생각하는 국민들을 불쌍히 여기십시오.

꿈속에서는 난폭함을 경멸하면서 깨어 있을 때에는 굴복하는 국민을 불쌍히 여기십시오.

나라가 거의 망해갈 때가 아니라면 그 목소리를 높이지 않고, 파멸을 맞이하지 않고서는 자랑하지 않으며, 그리고 나라의 목줄기가 칼날과 단두대에 놓이는 때가 아니면 반항하지 않으려는 국민을 불쌍히 여기십시오.

　새로운 지도자를 나팔을 불면서 환영하고, 곧이어 그에게 온갖 야유를 퍼부어 쫓아내고, 마침내 다른 지도자에게 다시 나팔을 불어 환영하는 국민들을 불쌍히 여기십시오.

　현인들이 몇 해 동안 벙어리와도 다름없으며, 또한 강한 사람이 아직도 어린아이 요람에 누워 있는 국민들을 불쌍히 여기십시오.

　민족이 조각조각 분열되어, 각기 자신만이 오로지 국가라고만 우기는 국민을 불쌍히 여기십시오."

생명의 물결 이야기

한 사람이 물었다.

"아직도 당신을 감동시키는 것들에 관해서 얘기해 주십시오."

알무스타파는 그 사람을 바라보더니, 천천히 말하기 시작했다. 그의 목소리에는 별빛에 노래하는 듯한 커다란 힘이 있었다.

"당신이 백일몽 속에서 조용히 당신 자신의 보다 깊은 자아에 귀 기울일 때, 당신의 생각은 눈송이처럼 펄럭이며 내려와서 당신 공간의 모든 목소리를 하얀 침묵으로 뒤덮고 말 것입니다.

그런데 백일몽이란 당신 마음에 있는 하늘나무에 꽃봉오리를 맺었다가 꽃을 피우는 구름이 아니면 대체 무엇이겠습니까? 또한 당신의 생각이란 바로 당신의 바람이 언덕과 들판에 흩어지게 만든 꽃잎이 아니면 바로 무엇이겠습니까?

그리고 당신 마음속에 형체 없는 것이 형체를 갖기까지 당신이 평화를 기다리는 것처럼, 축복받은 손길이 그 회색빛 욕망을 작은 수정빛 해와 달과 별로 만들 때까지 구름은 둥글게 모여서 떠돌아다닐 것입니다."

그때 사르키스, 그 믿음이 완전치 못한 사람이 말했다.
"그러나 봄은 반드시 올 테고, 그래서 우리네 모든 꿈과 생각이라는 모든 눈도 녹을 것이니 이상 어떠한 문제도 없을 것입니다."

그러자 알무스타파는 대답했다.
"봄이 졸고 있는 작은 숲과 포도원으로 사랑하는 사람을 찾으려고 왔을 때, 눈송이는 정말로 녹아서 계곡에서 강물을 찾아 물결을 일렁이며 흘러갈 것입니다. 상록수와 월계수에 술을 따르는 사람이 되기 위해서 말입니다.

당신의 봄이 올 때엔 당신 마음의 눈도 이렇게 녹을 것입니다. 그래서 당신의 비밀의 계곡도 생명의 강을 찾아 물결을 일렁이며 흘러가겠지요. 그리고 강물은 당신의 비밀을 감싸서, 광막한 바다로 흘려 보낼 것입니다.

봄이 오면, 만물은 녹아서 노래로 변할 것입니다. 심지어는 저 넓은 들녘에 천천히 떨어지는 거대한 눈송이인 별빛까지도 녹아서 노래하는 물결을 이룰 것입니다. 그 얼굴의 햇살이 보다 넓은 지평선 위로 떠오를 때, 얼어붙어 조화롭다는 그 어떤 것인들 흐르는 멜로디로 변하지 않을까요? 그리고 당신들 가운데에 상록수와 월계수에 술을 따르는 사람은 없을는지요?

당신이 파도치는 바다와 더불어 파도치고, 그리고 닿을 바닷가도 없으며 자아도 없었던 때는 바로 어제 일이었습니다. 그 다음에 바람, 그 생명의 숨결이 생명의 얼굴 위에 있는 빛의 너울로 당신들을 짜놓았습니다. 그리고 생명의 손길은 당신들을 모이게 해서 형체를 주었고, 또한 당신들이 머리를 높이 들어 최고의 가치를 추구하게 해주었습니다. 그리고 비록 당신은 혈통을 잊었지만 생명은 영원히 당신의 어머니임을 확인시킬 것이며, 그리고 늘상 당신을 부를 겁니다.

당신은 산이나 사막에서 방황하는 동안에도, 언제나 생명의 시원한 마음의 깊이를 기억할 것입니다. 그리고 때때로 스스로 무엇을 갈망하는지 알지 못하더라도, 사실 갈망하는 것은 바다의 광대하고 율동적인 평화인 것입니다.

어떻게 다른 것이 있겠습니까? 작은 숲에서나 나무 그늘진 곳에서 빗물이 언덕 아래 잎사귀에서 춤출 때, 축복과 계약을 의미하는 눈송이가 내릴 때,

계곡에서 당신이 자신의 짐승 떼를 강으로 인도할 때, 당신의 들녘에 은빛 물결인 작은 여울물이 합쳐져서 초록빛 옷을 입을

때, 당신의 동산에서 새벽이슬이 하늘빛을 반짝일 때, 당신의 초
목지에서 저녁 안개가 당신의 길을 반쯤 가릴 때, 이 같은 모든 기
쁨 안에서 당신 혈통의 증인인 바다는 당신과 함께 있으며, 당신
의 사랑을 요구합니다.

바다로 흘러가려는 것은 바로 당신 마음속의 눈송이입니다."

지혜에 관한 이야기

아침에 그들이 동산을 거닐고 있을 때 문 앞에 한 여인이 나타났는데, 그녀는 카리마, 알무스타파가 소년 시절에 마치 진짜 누이동생처럼 사랑했던 여인이었다.

그녀는 아무것도 묻지 않고 문을 두드리지도 않으면서, 문 밖에 서서 단지 그리움과 슬픔에 젖은 눈빛으로 동산 안을 들여다볼 뿐이었다.

알무스타파는 그녀 눈빛에 어린 욕망을 보았다. 그는 벽 쪽으로 가서 문을 열어 주었고, 그녀는 들어오면서 환영을 받았다.

그녀는 말했다.

"당신이 우리 모두를 피하시는 까닭은 무엇인지요? 그렇다면 당신의 도움을 받아 살 수가 없습니다. 생각해 보세요. 우리는 숱한 세월 동안 당신을 사랑해 왔고, 당신이 안전하게 돌아오시기를 갈망하며 기다려 왔어요. 그래서 사람들은 지금도 당신을 부르고 있고 당신과 얘기하고 싶어합니다.

저는 당신이 사람들 앞에 나타나 지혜를 말씀해 주시고 상한 마음을 위로해 주시며, 우리의 우매함을 깨우쳐 주시기를 애원하러 온 심부름꾼입니다."

그녀를 바라보고 있던 그가 말했다.

"당신은 모든 사람이 나를 현명하다고 하지 않는 한 나를 현명하다고 하지 마십시오. 나는 아직도 가지에 매달려 있는 풋열매에 불과하고 어제까지만 해도 나는 한 송이 꽃에 지나지 않았습니다.

당신들 누구에게도 바보라고 부르지 마십시오. 사실 우리는 현명하지도, 어리석지도 않기 때문입니다. 우리는 생명의 나무에 달린 푸르른 잎새이고, 생명 그 자체는 지혜와 어리석음을 진정 초월해 있습니다.

그리고 정말 내가 당신들을 피했는지요? 환상 속에 다리를 놓지 않은 거리를 빼고는 어떤 거리도 없다는 것을 당신은 알고 있지 않나요? 영혼이 그 거리에 다리를 놓아 연결할 때, 그것은 영혼 속에서 활동합니다.

당신과 당신을 돕지 않는 가까운 이웃 사이에 놓인 공간은, 당신과 일곱 대륙과 일곱 바다 너머에 살고 있는 사랑하는 사람 사이에 놓인 공간보다 사실상 더욱 넓습니다.

회상 속에는 거리가 없기 때문입니다. 단지 망각 속에만 당신의 목소리나 당신의 귀가 메울 수 없는 깊은 틈이 있기 때문입니다.

바다의 해변과 가장 높은 산의 정상 사이에는 당신이 세상의 자손과 하나가 되기 전에 여행해야 할 은밀한 길이 있습니다.

그리고 당신의 지식과 이해 사이에는 당신이 사람과 하나되기 전에 당신 자신과 하나가 되기 전에 발견해야 할 은밀한 길이 있습니다.

무엇인가 주는 당신의 오른손과 무엇인가 받는 왼손 사이에는 커다란 공간이 있습니다. 단지 양손이 주고받을 수 있다는 생각에 의해서만 주고받는 사이의 차이를 없앨 수 있습니다. 당신이 공간을 극복할 수 있으려면 단지 줄 수 있는 것이 아무것도 없으며, 받을 것도 전혀 없다는 사실을 깨달아야 합니다.

진실로 가장 먼 거리는 당신의 꿈자리와 깨어 있는 상태 사이의 차이입니다. 그리고 오직 실천하기만 하는 것과 바라기만 하는 것 사이의 차이입니다. 그러므로 당신이 생명과 하나되기 전에 여행해야 할 다른 길이 아직 남아 있습니다. 그러나 당신이 벌써 여행에 지쳐 있으니, 나는 그 길에 대해서 지금은 얘기하지 않겠습니다."

밤과 추악함에 관한 이야기

그는 그 여인, 그 외 아홉 사람과 함께 시장에 갔다.

그는 그의 친구들과 이웃들에게 이야기했다. 그러자 사람들의 마음과 눈은 기쁨으로 빛났다. 그가 말했다.

"당신들은 잠 속에서 성장하고, 당신들의 온 생을 꿈꾸면서 살아갑니다. 당신들은 매일 낮마다 밤의 침묵 속에서 받은 것을 감사하며 살아갑니다.

때로 당신은 밤을 휴식의 계절이라고 생각하고 말합니다만, 사실상 밤은 추구하고 발견하는 계절입니다.

낮은 당신에게 지식이라는 힘을 주고 당신의 손길이 이어받은 솜씨를 익숙하게 만들어 줍니다. 그러나 당신을 생명의 보석 창고로 인도하는 것은 바로 밤입니다.

태양은 모든 사물에게 그것들이 빛을 향하며 갈망하며 성장하는 방법을 가르쳐 줍니다. 그러나 모든 사물이 별빛에 이르도록 끌어올리는 것은 바로 밤입니다.

숲 속의 나무, 동산의 꽃 위에 신부복을 입히고, 아낌없는 잔치를 베풀고 결혼식의 신방을 준비하는 것도 바로 밤의 고요입니다. 그리고 거룩한 침묵 속에서 내일은 시간의 자궁 안에서 태어날 것을 기다립니다.

그러므로 밤의 침묵은 탐구 속에서 당신과 함께 있고, 탐구 속에서 알맹이를 찾으며 성취합니다. 그리고 새벽에 당신이 깨어나 그 기억을 잊을지라도 꿈의 식탁은 영원히 차려져 있으며, 또한 신혼의 방도 준비되어 있습니다."

알무스타파는 얼마간 침묵을 지켰고, 사람들은 그의 말을 기다렸다. 이어서 그가 다시 말했다.

"당신들이 육체로 움직일지라도, 당신들은 영혼입니다. 그리고 어둠 속에 타오르는 기름처럼 비록 등잔불에 담겨 있다 할지라도, 당신은 불꽃입니다.

만약 당신이 육신 외에 아무것도 아니라면, 내가 당신들 앞에 서 있고 당신들에게 말하는 것은 헛된 일입니다. 마치 죽은 자가 죽은 자를 부르는 것처럼 말입니다. 그러나 사실 그렇지 않습니다. 당신 안에는 영원히 죽지 않는 모든 것은 낮이나 밤이나 늘 자유롭고, 가두거나 족쇄를 채울 수 없으니, 그것은 지극히 높은 분의 뜻이기 때문입니다. 잡히거나 새장에 가둘 수 없는 바람처럼, 당신의 영혼은 지극히 높으신 분의 숨결입니다. 그리고 나 또한 그분 호흡의 숨결입니다."

그는 그들 한가운데에서 떠나 재빨리 다시 동산으로 들어갔다.
사르키스, 그 믿음이 완전치 못한 사람이 말했다.
"선생님, 추악함이란 무엇입니까? 당신은 추악함에 대해서는 한마디도 말씀하지 않으셨습니다."

알무스타파는 그에게 대답했는데, 회초리처럼 따끔한 말이었다.
"나의 친구여, 어떤 사람이 당신 집 앞을 지나가는데 대문을 두드리지도 않고 지나칠 사람이라면 어느 누가 당신을 야박하다고 할까요?

또한 당신이 이해할 수 없는 이상한 말로 당신에게 말할 사람이라면, 누가 당신을 귀머거리이고 넋이 나간 사람이라고 말할까요?

당신이 거기에 도달하려고 애쓴 적이 한 번도 없는 것, 당신이 그 가슴속으로 들어가려고 한 적이 한 번도 없는 것이 당신이 추악하다고 생각하는 것은 아닐는지요?

추악한 것이 존재하는 어떤 것이라면, 정녕 그것은 단지 우리 눈동자를 덮고 있는 작은 눈곱에 지나지 않고, 또 우리 귀를 막고

있는 귀지에 지나지 않습니다. 그 어떤 것도 추악하다고 부르지
마십시오,

　나의 친구여. 존재하는 기억 앞에서 떨고 있는 영혼의 공포를
제외하고는."

시간과 사랑 이야기

그리고 어느 날 그가 백양나무 긴 그늘 아래 앉아 있을 때, 한 사람이 물었다.

"선생님, 저는 시간이 두렵습니다. 시간은 우리를 휩쓸고 지나치면서 우리의 젊음을 빼앗아 가는데, 그 빼앗은 대가로 시간이 우리에게 주는 것은 대체 무엇이란 말입니까?"

그러자 알무스타파는 대답했다.

"지금 좋은 흙 한줌을 쥐어 보십시오. 당신은 그 흙 안에서 씨앗이나 어쩌면 벌레를 찾을 수 있을 것입니다. 만약 당신의 손이 넓고 능히 견딜 만한 힘이 있다면, 그 씨앗은 숲이 될 수도 있고, 그 벌레는 한 무리의 천사가 될지도 모릅니다. 그리고 씨앗을 숲으로, 벌레를 천사로 바꾸는 세월은 바로 현재에 속해 있음을 잊지 마십시오. 모든 세월은 바로 이 현재에 속해 있음을.

또한 변화하는 당신 자신의 생각을 빼놓고, 세월의 계절이란 무엇입니까? 봄은 당신의 가슴 안에서 눈을 뜨는 것이며, 여름이란 당신 스스로 많은 열매를 맺은 풍작을 인식하는 것에 지나지 않습니다. 가을은 당신 마음속에서 당신이란 존재 중 아직도 어린 부분에 자장가를 불러 주는 노인이 아니겠습니까? 그리고 당신에게 묻나니, 겨울은 모든 계절의 꿈을 잉태하는 잠이 아니고 무엇이겠습니까?"

그때 궁금증이 많아 꼬치꼬치 캐묻던 제자 마누스는 자기 둘레를 돌아보다가 무화과나무에 쪼옥 금을 내면서 꽃을 피운 식물을 보았다. 마누스는 질문했다.

"저 기생식물들을 보십시오, 선생님. 당신은 저것들에 관해서 뭐라고 말하시렵니까? 저것들은 안정되게 살아가는 태양의 자식으로부터 빛을 빼앗고, 그들의 가지와 잎사귀에 흐르는 즙을 빨아 먹는 마치 도둑놈과도 같습니다."

그러자 알무스타파는 그 제자에게 말했다.

"나의 벗이여, 우리는 모두 빌붙어 사는 기생물입니다. 이 땅을 활기 넘치는 생명으로 바꾸려고 애쓰는 우리는 이 땅을 알지도 못하면서 이 땅에서 직접 생명을 받는 것들보다 더 나은 것이 아닙니다.

당신은 어떤 어머니가 그의 자식에게 이렇게 말할 거라고 생각합니까? '나는 너를 위대한 어머니, 숲에게 되돌려 주련다. 너는 내 마음과 손을 피로하게 하니까.' 라고?

또는 노래하는 사람이 자신이 부르는 노래를 비난하면서, '지금 당장 네 고향인 메아리의 동굴로 돌아가라. 네 목소리가 나의 호흡을 다 날려보내니까.' 라고 말할 것 같습니까?

또 양치는 목자가 그가 기른 어린양에게 말하겠습니까? '너를 데려갈 풀밭이 없구나. 그러니 나를 위해 너는 희생 제물이 되어야겠다.' 라고?

천만에, 나의 친구여! 모든 것들은 그들이 이미 묻기 전에 대답이 정해져 있고, 그래서 당신의 꿈처럼 모든 것들은 당신이 잠들기 전에 이루어져 버립니다.

우리는 오래되고 영원한 법을 따라 서로 의지하면서 살아갑니다. 그래서 우리는 서로 사랑하는 마음으로 살아갑니다. 우리는 외로움 속에서 서로를 찾고, 우리가 난로 옆에 앉을 수 없을 때, 길을 재촉합니다.

나의 친구들, 나의 형제들이여, 보다 더 넓은 길은 당신의 동료인 사람입니다.

나무에 기생하여 살아가는 이 같은 식물들은 달콤하고 고요한 밤, 땅에서 나는 젖을 빨아들이고 아울러 땅의 그 고요한 꿈결 속에서 태양의 가슴을 빨아 마십니다.

그리고 당신과 나의 존재하는 모든 것들이 그렇듯이, 태양은 똑같은 영광을 갖고 왕자의 축제에 모여 앉았는데, 왕자의 문은 늘 열려 있고 왕자의 밥상은 늘 차려져 있습니다.

마누스, 나의 친구여!

존재하는 모든 것들은 언제나 존재하는 모든 것에 의지하면서 서로 살아갑니다. 그래서 존재하는 모든 것들은 가장 높은 분의 관대함에 한없는 믿음을 가지고 살아가는 것입니다."

새벽빛 이야기

하늘이 아직도 새벽 햇살 속에 희뿌연 어느 날 아침, 그들은 모두 함께 동산을 산책하면서 떠오르는 태양 앞에서 조용히 침묵을 지키고 있었다.

잠시 후에 알무스타파는 태양을 가리키면서 말했다.

"이슬방울 속에 비치는 아침해의 영상도 태양만 못 하지 않습니다. 당신들 영혼 속에 있는 생명의 반영도 생명과 다름없습니다.

이슬방울은 그것이 빛과 하나이기에 빛을 반사하고, 당신들은 당신과 생명이 하나인 까닭에 생명을 반영하는 것입니다.

어둠이 당신들을 덮칠 때 자신들에게 말하십시오.

'이 어둠은 아직 태어나지도 않은 새벽이다. 그리고 밤의 진통이 나를 괴롭히지만, 새벽은 언덕에서 동이 트듯이 나에게도 태어나리라.' 하고.

백합꽃 그늘 안에 둥글게 맺힌 이슬방울은 당신 영혼을 하느님의 가슴 안에서 모으는 당신 자신과 다름없습니다.

이슬방울은 이렇게 말할 것입니다.

'하지만 나는 천 년 전에도 이슬방울이었다.' 라고.

이 말에 당신은 대답하십시오.

'모든 세월의 빛은 네 주위에서 빛나고 있음을 너는 알지 못하는가?' 라고."

외로움 이야기

어느 날 저녁에 심한 폭풍이 불어와서, 알무스타파와 그의 아홉 제자들은 안으로 들어가 화롯가에 말없이 둘러앉아 있었다.

그때 제자들 가운데 한 사람이 이야기를 꺼냈다.

"저는 혼자랍니다, 선생님. 시간의 발굽이 내 가슴을 무겁게 짓밟고서 지나갑니다."

그러자 알무스타파는 일어나 그들 한가운데 서서, 마치 거대한 바람이 부는 듯한 목소리로 얘기했다.

"혼자라고요! 그게 어쨌다는 겁니까? 당신은 홀로 왔으며, 홀로 안개 속을 지나갈 것입니다.

그러므로 당신은 당신의 술잔을 홀로 조용히 들이키십시오. 가을날들을 당신의 술잔으로 채워 준 것처럼 다른 입술들에게 다른 술잔을 주고, 그리고 쓰고도 달디단 술로 술잔을 채웁니다.

술맛이 당신 자신의 피 맛이나 눈물 맛과 같더라도 당신은 당신의 술잔을 홀로 마시고, 갈증이란 선물을 준 생명을 찬양하십시오. 왜냐하면 갈증이 없다면 당신의 가슴은 노래도 없으며 밀물과 썰물도 없는 황폐한 바닷가에 지나지 않을 테니 말입니다.

　당신은 홀로 술을 마십시오. 그리고 기쁘게 들이키십시오.

　당신 머리 위에 당신의 술잔을 높이 쳐들고, 홀로 마시는 사람들을 위해 건배하기를.

　나는 일찍이 친구들을 찾았고, 잔칫상에 앉아 그들과 함께 열심히 마셔본 적이 있습니다. 그러나 그들의 술은 나의 머리에 흐르지 않았고 나의 가슴 안에도 흐르지 않았습니다. 그것은 단지 내 발에 흘러내렸을 뿐이었습니다. 지혜는 메마를 뿐이었고 또한 나의 마음은 잠겨져 봉해졌습니다. 단지 내 발만 그들과 함께 어찌해야 할지 몰랐습니다. 그러고 나서 나는 친구들을 더 이상 찾지 않았고 그들과 더불어 포도주를 마시지도 않았습니다.

　그러므로 당신에게 말하는데, 비록 시간의 발굽이 당신 가슴을 무겁게 밟고 지나간다고 한들, 그게 어쨌다는 겁니까? 당신 홀로 슬픔의 술잔을 마시는 건 당신에게 좋은 일이니, 당신은 기쁨의 술잔도 역시 마시게 될 것입니다."

죽은 것 이야기

어느 날 그리스 사람인 파르드로스가 동산을 걷다가, 돌부리에 걸려 화가 났다. 그래서 그는 돌을 주워 가지고 낮은 목소리로 말했다.

"오, 내가 가는 길 위에 죽은 것이 놓여 있다니!"

그는 돌멩이를 던져버렸다.

그러자 알무스타파, 선택받고 사랑받는 그가 말했다.

"왜 당신은 '오, 죽은 것'이라고 말합니까? 당신은 동산 안에서 그렇게 오랫동안 지내왔으면서도 이곳엔 어느 것도 죽은 것이 없다는 걸 왜 알지 못합니까? 모든 것들은 낮의 지혜와 밤의 거대함 속에서 조용히 숨쉬며 빛나고 있습니다. 당신과 그 돌멩이는 하나입니다. 단지 심장의 맥박 소리에 차이가 있을 뿐입니다. 당신의 심장은 실제로 조금 더 빨리 맥박치고 있지요, 나의 친구여? 아,

그러나 그것은 절대로 편안하지만은 않습니다.

심장의 박자는 또 다른 박자일지도 모르지만, 나는 당신께 이렇게 말하고 싶습니다. 만약 당신이 당신 영혼의 깊이를 재고 공간의 높이를 잰다면 당신은 단 하나의 멜로디만을 들을 것이고, 아울러 아름다운 음율 안에서 돌과 별을 노래하면서 다른 것과 합일이 되고 완전한 조화를 이룬다고 말입니다.

나의 말을 이해할 수 없다면 새벽이 올 때까지 기다려봅시다. 당신의 눈이 어두워서 그 돌에 채여 비틀거렸기에 그 돌을 비난한다면, 당신은 당신의 머리가 하늘의 별과 마주치게 되더라도 별을 비난할지도 모릅니다. 그러나 당신은 마치 꼬마가 언덕에서 백합화를 따듯이 돌과 별을 모을 날이 올 것이고, 그때야 비로소 당신은 모든 것들이 살아 있으며 향기롭다는 것을 반드시 깨닫게 될 것입니다."

신의 이야기

사원의 종소리가 사람들 귀에 울리는 주일의 첫날에, 한 사람이 그에게 다시 물었다.

"선생님, 우리는 여기저기서 신에 대해 하는 말을 많이 들었습니다. 당신은 신에 대해서 뭐라고 말씀하시고, 진실로 그가 누구라고 말하시렵니까?"

알무스타파는 바람이나 태풍을 겁내지 않는 겁 없는 나무처럼 그들 앞에 서서 조용히 대답했다.

"이제 생각해 보십시오, 나의 친구들이여! 그리고 나의 사랑하는 사람들이여! 당신들의 감정을 모두 간직하고 있는 하나의 마음씨를, 당신들의 사랑을 품고 있는 하나의 사랑을, 당신들의 모든 영혼을 감싸고 있는 하나의 영혼을, 당신들의 모든 목소릴 껴안는 하나의 목소리를, 그리고 당신들의 모든 침묵보다도 더 깊고 영원한 하나의 침묵을.

이제 당신 자신을 충족하면서 알아보려고 노력하십시오. 아름다운 어떤 것보다 더욱 황홀한 하나의 아름다움을, 모든 바다와 숲의 노래보다 더욱 광활한 하나의 노래를, 플레아데스별(묘성)이 이슬방울의 반짝임에 지나지 않는 제왕의 홀을 들고 오리온별의 발판에 지나지 않는 왕좌에 앉아 있는 한 분의 황제를 알아보려고 노력하십시오.

당신은 언제나 오직 양식과 집, 옷과 지팡이만 찾았습니다. 이제는 당신 화살의 과녁도 되지 않고 당신을 폭풍우로부터 보호해 주는 석굴도 아닌 단 한 분을 찾으십시오.

내 말이 수수께끼 같고 잘 이해가 되지 않을지도 모르겠습니다. 그러나 계속 찾으십시오. 당신의 심장이 터질 때까지, 당신의 물음이 당신을 사람들이 신이라고 부르는 지극히 높은 분의 사랑과 지혜에 데려갈 때까지.”

그러자 그들 모두는 말이 없었고, 마음속으로 당황스러워했다. 그러자 알무스타파는 그들에 대한 연민을 느껴 부드러운 눈빛으로 그들을 바라보면서 말했다.

“이젠 아버지이신 하느님에 관해서 말하지 맙시다. 오히려 당신의 이웃인 신과, 당신들과 집과 들녘을 휘몰고 다니는 폭풍우 같은 당신들 형제의 신에 관해서 얘기하도록 합시다.

당신은 환상 속에서 구름 위로 올라가서 그 구름을 절정이라고 생각할 것입니다. 그리고 당신은 광막한 바다를 지나면서 그 바다를 먼 거리라고 주장할 것입니다. 하지만 분명히 말하건대, 당신이 땅에 씨앗을 뿌릴 때 당신은 보다 높은 절정에 도달할 수 있을 것이며, 당신이 이웃들에게 아침의 아름다움을 찬미할 때, 당신은 거대한 바다를 건너게 될 것입니다.

무한하신 분인 신을 수다스럽게 너무 많이 찬양한다면, 실상 당신은 그 노래를 듣지 못할 것입니다. 당신들은 노래하는 새들과 바람이 지나갈 때에 나뭇가지를 저버리는 나뭇잎들에 귀를 기울입니까? 잊지 마십시오, 나의 친구들이여! 나뭇잎들은 가지를 떠났을 때에만 노래를 부른답니다.

충고하건대, 당신 존재의 모든 것인 신을 멋대로 말하지 마십시오. 다만 서로를, 이웃을 이웃에게, 신을 신에게 얘기하고 이해하십시오.

왜냐하면 어미새가 하늘로 날아오른다면 누가 둥지에 남은 새끼새를 기를까요? 또한 들판의 아네모네꽃을 다른 아네모네꽃에서 날아온 꿀벌이 수정시키지 않는다면, 어떻게 꽃을 피울 수 있을까요?

당신들이 신이라고 부르는 하늘을 찾는 것은 바로 당신들의 더 작은 자아를 잃어버렸을 때뿐입니다. 당신들은 자신의 광활한 자아에 이르는 길을 찾으시기를. 당신이 보다 덜 게을러져서 그 길을 여실 수 있기를…….

나의 선원들이여, 나의 친구들이여! 우리가 이해할 수 없는 신에 대해 말은 삼가고, 우리가 이해할 수 있는 자신에 대해서 많이 얘기하는 것이 좋습니다. 그렇지만 우리가 신의 숨결이며 향기임을 당신은 알아야 합니다. 바로 우리가 신인 것입니다. 잎새에, 꽃송이에, 때로는 열매에 깃들 듯이 우리들 자신의 가슴속에 신이 깃드는 것입니다.”

영리한 사람 이야기

태양이 높이 떠오른 어느 날 아침, 제자 가운데의 한 사람, 곧 알무스타파와 어릴 적에 함께 놀던 세 사람 가운데 한 사람이 그의 곁으로 다가오더니 말했다.

"선생님, 제가 입은 옷은 이토록 낡았는데, 갈아입을 옷이 한 벌도 없습니다. 시장에 가서 새 옷을 사오려고 하는데 허락해 주십시오."

그러자 알무스타파는 그 젊은 사람을 지그시 바라보더니 말했다.
"당신의 옷을 나에게 주십시오."

제자는 옷을 벗어서 알무스타파에게 건네 주었다.
그러자 알무스타파는 길을 치닫는 듯한 목소리로 말했다.
"오직 벌거벗은 사람만이 태양과 더불어 사는 것입니다. 오직 꾸밈 없는 사람만이 바람을 타는 것입니다. 그리고 수천 번이나 길을 잃어본 사람만이 고향에 돌아올 것입니다.

천사는 교활한 사람들에게 지쳐 있습니다. 바로 어제 천사가 나에게 말했습니다. '우리는 반짝반짝 빛나는 사람들을 위해서 지옥을 만들었습니다. 불 이외에 무엇이 빛을 발할 수 있고, 또 그것의 핵심까지 녹일 수 있겠습니까?' 라고.

그래서 나는 말했습니다. '그러나 지옥을 만들면서 동시에 당신은 지옥을 통치하는 악마를 창조했습니다.' 라고. 그렇지만 천사는 대답했습니다. '아닙니다. 지옥은 단지 불에 굴복하지 않는 사람들만 통치합니다.' 라고.

현명한 천사! 그는 인간의 길과 반 인간의 길을 알고 있습니다. 그 천사는 예언자들이 교활한 사람들의 유혹을 받을 때 예언자들을 도우려고 온 천사 가운데의 한 분입니다. 그리고 예언자들이 미소 지을 때면 따라서 웃고, 그들이 눈물 흘릴 때는 같이 울고 있습니다.

나의 친구들이여, 그리고 나의 뱃사람들이여!

오직 벌거벗은 사람만이 태양 안에서 사는 겁니다. 오직 방향키가 없는 사람만이 거대한 바다를 항해할 수 있으며, 오직 밤과 더불어 어둠을 인내한 사람만이 새벽과 함께 깨어날 수 있고, 오직 쌓인 눈더미 밑에서 뿌리와 함께 잠자는 사람만이 봄에 도달할 수 있습니다.

왜냐하면 당신들은 마치 뿌리와 같고, 또 뿌리처럼 단순하지만 땅에서 지혜를 얻었기 때문입니다. 그리고 당신들은 말이 없지만 당신들은 아직 태어나지도 않은 가지 안에서 바람의 합창을 듣습니다.

당신은 연약하고 형체가 없지만, 당신은 거대한 참나무의 처음이며, 아울러 하늘을 배경으로 반쯤 그려진 버드나무 무늬의 시작입니다.

다시 한 번 나는 말합니다. 당신들은 어두운 땅과 움직이는 하늘 사이에 있는 뿌리에 지나지 않습니다. 그래서 때때로 빛과 함께 춤추며 일어나는 당신들을 보았지만, 또한 나는 당신들이 부끄러워하는 것도 보았습니다. 또한 모든 뿌리도 수줍어합니다. 뿌리는 너무 오랫동안 그 마음을 숨겨왔기에 그들의 마음으로 무얼 해야 할지 모르는 것입니다.

그러나 5월은 올 것이며, 또한 5월은 쉴 줄 모르는 처녀이기에, 그래서 그녀는 어머니로서 언덕과 평원을 돌볼 것입니다."

존재 이야기

사원에서 일하는 한 사람이 그에게 애원하며 말했다.

"우리를 가르쳐 주십시오. 선생님! 우리가 하는 말이 당신께서 하시는 말씀처럼 다른 사람에게 성가가 되고 향기가 될 수 있도록 인도해 주십시오."

그러자 알무스타파는 그에게 말했다.

"당신은 당신이 하는 말을 넘어설 것입니다만, 당신의 오솔길은 남아 있을 것입니다. 리듬과 향기로, 사랑하는 사람과 사랑받는 모든 사람들을 위한 리듬과 동산에서 생활하는 사람들을 위한 향기로.

그러나 당신은 당신의 말을 넘어서, 알아보기 힘든 잔별이 떨어지는 정상에 이를 것이며, 그리고 당신은 작은 별들이 채워질 때까지 당신의 손을 벌리고 있을 것입니다. 그런 다음 당신은 하얀 둥지에 누운 흰 아기새처럼 누워 잠들겠죠. 그리고 당신은 봄을 꿈꾸는 하얀 제비꽃처럼 당신의 내일을 이룩할 것입니다.

그래요! 당신은 당신의 말보다 깊게 내려갈 것입니다.

당신은 시냇물의 잃어버린 샘터를 찾을 것이며, 또한 이제 당신은 들을 수조차 없는 심연의 희미한 목소리가 메아리치는 동굴이 될 것입니다.

당신은 당신의 말보다 더욱 깊이 내려갈 것입니다. 그렇습니다. 모든 소리보다 더 깊게, 바로 땅의 심장 한가운데서 내려갈 것이며, 거기서 당신은 역시 은하수 위를 걷고 있는 그분과 함께 홀로 있을 것입니다."

그러자 잠시 후에 제자 한 사람이 그에게 물었다.

"선생님 존재에 관해서 말씀해 주십시오. 존재한다는 것은 무슨 뜻입니까?"

그러자 알무스타파는 사랑하는 그를 그윽이 쳐다보았다. 그는 그를 사랑하고 있었다. 그리고 제자들에게 등을 돌리고 잠시 걷다가 다시 돌아와서 말을 이었다.

"이 동산에는 나의 아버지와 어머니가 살아 있는 사람들의 손에 묻혀 누워 있습니다. 또한 이 동산에는 바람의 날개에 실려 지난해에 뿌려진 씨앗도 묻혀 있습니다. 천 번이나 나의 아버지와 어머니는 여기에 묻혔고, 그리고 천 번이나 바람은 씨앗을 묻을 것입니다. 그리고 지금부터 천 년 후에 당신과 나 그리고 이 꽃들은 지금과 마찬가지로 이 동산 안에 반드시 함께 올 것입니다. 그리하여 우리는 생명을 사랑하며 존재할 것이고, 전 우주를 꿈꾸면서 존재할 것입니다. 그리고 태양을 향해 일어나면서 존재할 것입니다.

그러나 이제 오늘날 존재한다는 것은 현명하다는 것이지만, 어리석은 사람에게 낯설어 보이는 것은 아닙니다. 존재한다는 것은 강하다는 것이지만, 약한 사람을 파멸하게 만드는 것은 아닙니다. 아버지로서가 아니라 오히려 그들이 놀이를 배우려는 단순한 놀이친구로서 어린아이들과 함께 노는 것입니다.

늙은 남녀처럼 단순하고 순진하게 당신이 봄과 함께 거닐고 있을지라도, 오래된 참나무 그늘 안에 그들과 함께 앉아 있는 것입니다.

시인이 일곱 강 너머에 살고 있을지라도 그 시인을 찾는 것이며, 그리고 아무것도 바라지 않고, 그 시인 앞에서 평화롭게 서 있는 것입니다.

성좌와 죄인은 쌍둥이 형제이고 그들의 아버지는 우리의 인자한 왕이라는 사실, 그리고 한 사람이 다른 사람보다 단지 한순간

전에 태어났고, 그 때문에 우리는 그를 황태자로 생각한다는 사실을 아는 것입니다.

아름다움이 당신을 절벽 끝으로 데려가더라도 당신은 아름다움을 따라가야 하는 것이며, 아름다움에는 날개가 있는데 당신에게는 날개가 없을지라도 아름다움이 없으면 정녕 아무것도 없는 것이기에 그 아름다움을 따라가야 한다는 것입니다.

울타리가 없는 동산, 경비원이 없는 포도원, 지나가는 사람에게 영원히 열려 있는 보물 창고가 되는 것.

강탈당하고 미혹당하고 사기당하고……. 아, 그래요. 잘못 인도되고 함정에 빠지고 조롱당할지라도 당신의 자아는 이러한 모든 일을 더 높은 곳에서 내려다보고 미소 짓고, 봄이 당신의 잎에서 춤추기 위해서 찾아올 것이며 가을이 당신의 포도를 익히려고 오리란 사실을 기억하는 것입니다. 당신의 창문 가운데의 하나가 동쪽으로 활짝 열려 있으면, 당신도 어쩌면 저 보이지 않는 도시의 축복받는 주민들의 눈에는 도둑이나 강도, 사기꾼이나 배반자로 보일지도 모른다는 걸 명심해야 할 것입니다.

그리고 이제는 우리들의 낮과 밤의 평안을 위해서 없어서는 안될 모든 사물을 형성하고 발견하는 손을 가진 당신에게도.

존재한다는 것은 날랜 손으로 천을 짜는 직조공이 되는 것이며, 빛과 공간을 간과하지 않는 건축가가 되는 것입니다. 또한 농부가 되어 당신이 뿌린 모든 씨앗마다 보물이 숨겨 있음을 느끼는 것입니다. 그리고 물고기와 짐승을 가엾이 여기지만 결국 굶주린 사람들과 궁핍한 사람들을 더욱 가엾이 여기는 어부와 사냥꾼이 되는 것과 마찬가지입니다.

그리고 무엇보다도 나는 말하나니, 나는 당신과 당신 자신의 목적을 위한 협력자로서 일할 것입니다. 왜냐하면 그래야만 당신의 목적을 달성할 수 있기 때문입니다.

나의 친구들이여, 나의 사랑하는 사람들이여! 소심하지 말고 대담하게 행동하십시오. 틀어박혀 있지 말고 드넓은 마음을 가져야 합니다. 우리의 마지막 순간까지 거대한 자아를 가지십시오.”

그의 말은 이것으로 끝났다.

아홉 사람에게 깊은 어둠이 드리워졌다. 그리고 그들의 마음은 그에게서 멀리 떠나 있었다. 그들은 그의 말을 이해할 수 없었던 까닭이다.

바다를 몹시도 그리워하는 세 명의 뱃사람, 성역에서 위안받기 위해 사원에서 헌신했던 세 사람, 시장을 좋아하던 그의 놀이친구였던 사람 모두가 그의 말을 이해하지 못했기에 마침내 그의 말소리는 슬프고 피난처를 찾는 집 없는 새처럼 그에게 날아왔다.

알무스타파는 그들을 바라보지도 않고 말없이 일어나 그들에게서 떠나갔다. 남아 있던 그들은 자신들의 어리석음에 대한 핑계거리를 마련하기에 골몰하고 있었다.

마침내 각자 갈 곳으로 흩어져 갔다. 그래서 알무스타파, 선택받고 사랑받는 그는 결국 이곳에 홀로 남게 되었다.

넉넉한 영혼 이야기

그리고 밤이 더욱 깊어갈 때, 알무스타파는 어머니 무덤 곁에 다가가서, 그곳에서 자라는 레바논의 삼나무 아래에 앉았다. 하늘에는 커다란 빛의 그림자가 드리워졌고, 동산은 대지 위의 순결한 보석처럼 빛을 발하고 있었다. 알무스타파는 그 영혼의 외로움 때문에 고함을 치듯이 외쳤다.

"내 영혼은 성숙한 열매로 무거워하는데, 누가 와서 이 열매를 따고 만족해 할까? 굶주려 왔거나 친절하고 온유한 사람은 없는가? 부디 나에게 다가와서 이 무거운 짐을 잠시라도 덜어다오.

내 영혼은 오래된 포도주처럼 함께 넘쳐흐르고 있다. 이 포도주를 마시려는 사람은 정녕 없는가?"

"보라, 지나가는 사람에게 손을 뻗치며 교차로 위에 서 있는 사람, 그의 손은 보석으로 가득 차 있었다. 그는 행인에게 간청하기를, '나를 가엾이 여기시고, 제발 이것들을 가져가십시오. 신의 이름으로, 내 손의 이것들을 가져가서 나를 위로해 주십시오.'

허나 행인들은 그를 바라보기만 할 뿐, 한 사람도 그의 손에서 보석을 집어가지 않았다.

화려한 선물로 가득 찬 손을 내밀었건만 그 누구도 받는 사람이 없었다. 그가 쓸쓸히 말하기를, '차라리 거지가 되어 동냥을 하는 게 나을걸⋯⋯. 항상 빈손일지는 모르지만 그게 더 행복할 거야.'

"한 왕자가 있어 사막 끝의 산자락에 비단 천막을 세우고, 시종들에게 불을 피우라고 했다. 그리고 낯선 사람이나 방랑객이 지나가면 모셔오라고 명령했다. 하지만 시종들은 단 한 사람의 손님도 발견할 수 없었다.

그 왕자는 얼마나 불행하랴. 차라리 그가 일용할 양식이나 하룻밤 쉴 곳을 찾는 사람이라면 매우 좋았을 것을⋯⋯. 차라리 그가 흙으로 빚은 그릇 외에는 아무것도 가진 게 없는 방랑객이었으면 좋았을 것을⋯⋯. 그랬더라면 그는 밤이 왔을 때 친구를 만나고, 어디서 왔는지 모를 시인과 만나 그들의 꿈과 추억과 피곤한 신세에 대해 얘기할 수 있었을 텐데⋯⋯."

"한 공주가 있는데, 비단옷에 진주와 루비를 걸치고 호박반지를 끼었으며, 머리에는 사향을 뿌렸다. 그녀는 탑에서 내려와 그녀의 동산을 거닐었다. 그녀와 황금샌들에는 밤이슬이 내려앉았다.

그녀는 사랑을 몹시 갈망했다. 그러나 그녀 아버지의 왕국은 광대했지만 그녀의 연인이 될 만한 사람은 그 어디에도 없었다.

차라리 농부의 딸로 태어나서 들판에서 양을 치면서, 황혼 무렵 발등엔 길 먼지가 내려앉고, 옷자락에 포도 냄새를 풍기며 집으로 돌아오는 그런 처녀였으면······.

차라리 분향을 하며 마음을 사르는 수도원의 여승이면 더 좋았을 텐데······.

그랬더라면 마음은 바람과 함께 일어나고, 경배자들과 사랑을 나누는 그녀 황혼의 촛불은 더욱 밝은 빛을 위해 태워버릴 수 있었을 텐데······.

차라리 양지바른 곳에 앉아 젊은 시절을 회상하며 사는 할머니였으면 좋았을 텐데······."

밤은 더욱더 깊어갔다. 알무스타파는 밤과 함께 어두워졌고, 그의 영혼은 지치지 않는 구름 같았다. 그는 다시 한 번 크게 소리쳤다.

"나의 영혼은 그 열매가 성숙했기에 무거운 짐이로구나.

그 열매 때문에 내 영혼이 무거워라.

이제 누가 와서 이 열매를 먹고 성숙해지려는지…….

내 영혼은 그 포도주와 함께 넘쳐흐르는구나.

이제 누가 와서 포도주를 마시며, 사막의 더위를 식힐 수 있을는지?

내가 꽃도 없고 열매도 없는 나무였다면 더 좋았을 텐데.

왜냐하면 풍요의 고통이 황폐함보다 더욱 잔인하며,

아무도 가져가지 않으려고 하는 부자의 슬픔은

아무도 동냥하지 않는 거지의 슬픔보다 큰 것이리니.

내가 바싹 메마른 우물이어서 사람들이 나에게 돌을 던진다면 좋았을 텐데.

왜냐하면 생수의 원천이 되느니보다

참고 견디는 것이 더욱 쉽기 때문에,

사람들이 지나가면서 마시지 않을 바에는…….

내가 발아래 짓밟히는 갈대였다면 몹시 좋았을 텐데.

왜냐하면 주인은 손가락이 없고 그 아이들이 귀머거리인 집에 놓인 은줄을 감은 비파보다는 갈대가 더 좋을 터이니.”

나는 다시 오리니

7일 밤 7일 낮 동안 동산에 오는 사람은 아무도 없었고, 그는 회상과 고통 속에서 홀로 시냈다. 애징파 끈기를 기지고 그의 말을 경청하던 사람들이 다른 날을 바라고서 멀리 사라져버렸기 때문이다.

그러나 카리마는 그를 찾아왔다. 그를 위해 마실 물과 고기를 들고, 너울 같은 침묵을 얼굴에 드리운 채 그를 찾아왔다. 그녀는 그것들을 그의 앞에 놓고 말없이 사라져버렸다.

알무스타파는 문 안쪽의 백양나무를 벗삼아 바라보면서 앉아 있었다. 얼마 후, 그는 멀리 길 위에 구름 같은 먼지덩어리가 나타나 자신 쪽으로 다가오고 있는 것을 보았다. 그 먼지덩어리는 카리마에게 이끌린 아홉 사람이었다.

알무스타파는 문 밖까지 나가 그들을 맞이했다. 그들은 떠날 때와 아무런 변함이 없었다. 그는 그들을 반갑게 맞아들였다. 카리마가 빵과 생선을 식탁에 차려 놓고 술까지 따라 놓았다. 모두 검소한 음식을 들었다. 카리마는 알무스타파에게 술을 따르며 간청했다.

"이 포도주의 맛이 사라진 것 같으니, 시장에 가서 새 포도주를 사와 당신의 잔에 채우도록 해주십시오."

알무스타파는 그녀를 바라보았다. 그녀를 바라보는 그의 눈은 머나먼 나라를 떠도는 여행자의 눈빛 바로 그것이었다.

그는 이렇게 대답했다.

"괜찮소, 아마도 이것으로 충분할 거요."

그들은 배불리 먹고 또한 마셨다. 식사를 마치자 알무스타파는 바다처럼 깊고, 달빛을 받으며 포효하는 파도 같은 목소리로 얘기했다.

"나의 친구들, 나의 길동무들이여! 우린 오늘 헤어져야 합니다. 정말 우리는 오랫동안 위험한 바다를 항해했고, 험한 산을 탔으며, 으르렁거리는 파도와 맞서 싸워왔습니다. 주린 배를 움켜쥐기도 해보았고 혼인 잔칫상 앞에도 앉아봤습니다. 때때로 헐벗은 때도 있었지만 왕이 입을 만한 옷을 입은 적도 있었습니다.

우리는 오랫동안 함께 여행을 해왔지만 이제 헤어져야 합니다. 그래서 여러분들은 여러분 대로, 나는 나대로의 길을 가야 합니다.

길을 갈 때에는 노래를 부르시오. 아주 간단한 노래를. 왜냐하면 짤막한 노래만이 사람들의 마음속에 살아남기 때문입니다.

말을 할 때는 애정 어린 진실로 말하시오. 추악한 진실을 들먹거려서는 안 됩니다. 아침 햇살에 머리칼이 빛나는 처녀를 보면서 그녀에게 '아침의 딸'이라고 말하지 말고, 눈먼 이를 볼 때 '당신은 어둠과 함께 있군요.'라고 말하지 마십시오.

피리 부는 사람이 있거든 4월에 귀 기울이듯 들으시오. 하지만 남의 흉만 찾거나 비평만 해대는 이를 보거든, 당신은 당신의 뼈처럼 되거나 상상력과 관계가 먼 사람처럼 귀머거리가 되시길.

나의 친구들! 나의 사랑하는 사람들이여! 가는 길에 발굽을 가진 이를 만나거든 그에게 당신의 두 날개를 주시오. 뿔을 가진 이를 만나거든 월계관을 주고, 발톱 가진 이를 만나거든 손가락을 위해 나뭇잎을 주십시오. 그리고 혀가 갈라진 이를 만나거든 언어를 위한 꿀을 그에게 주시기를.

그렇습니다! 당신들은 아마도 그런 사람들을 다시 만나게 될 것입니다. 목발을 파는 절름발이를 만날 것이고 거울을 파는 장님과 사원 앞에서 구걸하는 부유한 사람을 보게 될 것입니다.

그러면 당신은 절름발이에게 당신의 재빠름을 선물하고, 장님에게는 시력을, 부자 거지에게는 당신을 주십시오. 그들이야말로 여러분들을 갈망하고 있는 사람들입니다. 가난하지 않으면 구걸도 하지 않겠지만, 제아무리 부자면 뭘 하겠습니까.

그리고 친구들이여, 내 말을 기억하시오. 나는 여러분들에게 주는 것보다 받는 것을 가르쳤고, 부정이 아니라 성취를, 항복이 아니라 입가에 미소를 띄우며 이해하라고 했습니다. 나는 침묵보다는 조용한 노래, 조그만 자아보다 보다 큰 자아를 가르쳤습니다."

그는 말을 마치고 곧장 동산으로 나가서 긴 그림자를 드리우고 있는 삼나무 아래로 걸어갔다. 그들도 그의 뒤를 뒤따랐다. 그들의 가슴은 무겁게 내려앉아 있었고 입 안이 바짝 메말라 있었다.

카리마는 목을 간신히 축인 후, 그를 따라와서 말했다.

"선생님, 내일을 위해, 선생님의 여행을 위해 양식을 준비할까 생각합니다."

그러자 알무스타파는 이 세상보다 저 세상을 보는 듯한 눈빛으로 그녀를 바라보며 말했다.

"누이여! 그리고 내가 사랑하는 사람들이여! 준비야 벌써부터 되어 있는 것 아니겠소! 내일을 위한 음식과 마실 것은, 우리가 어제와 오늘을 위해 준비했던 것처럼 이미 마련되어 있는 것이오.

나는 이제 갑니다. 내가 아직 말하지 않은 진리가 있다면, 내가 조각조각 흩어져 영원한 침묵으로 있더라도, 그 진리가 나를 찾아 하나로 만들 것입니다. 그러면 나는 다시 여러분 앞에 나타나 저 끝없는 침묵의 가슴으로부터 새로 태어난 목소리로 말할 것입니다.

'알무스타파' 라고 내 이름을 부를 것이며, 말하지 못했던 것을 모두 털어놓기 위해 되돌아왔노라고 당신에게 신호를 보낼 것입니다. 신은 애써서 '자기 자신' 을 인간들에게 감추려고 하지 않으며, 말씀을 인간들 마음 깊숙한 곳에 숨기려 하지도 않을 테니까 말입니다.

나는 죽음을 뛰어넘어 살지니, 여러분 귀의 노래가 될 것이오.

넓디넓은 바다의 흉폭한 파도가 나를 바다 깊숙이 데려갈지라도, 내가 육신을 지니고 있지 않더라도 나는 여러분의 식탁에 함께 앉을 것이며, 함께 들판을 거닐 것입니다.

보이지 않은 영혼으로,

또한 여러분의 화롯가에 보이지 않는 손님으로 찾아갈 것입니다.

죽음이란 것은 우리 얼굴에 쓴 가면만 바꾸는 것에 불과하기에, 나무꾼은 여전히 나무꾼일 것이며, 바람에게 노래를 불러 주던 이는 돌고 있는 지구에게도 노래를 들려 줄 것입니다."

제자들은 슬픔에 잠겨 바위처럼 조용히 서 있었다. 그렇다고 그의 뒤를 따르겠다거나 만류하는 사람은 없었다.

알무스타파는 동산에서 나왔다. 빠르게 걷고 있었지만 아무 소리도 나지 않았다. 그는 세찬 바람에 휘날린 낙엽처럼 이내 사라져버렸다. 제자들로서는 저 높은 곳에서 움직이는 희미한 빛을 보는 것 같았다.

아홉 사람은 각자 제 갈 길을 갔다. 그러나 카리마만은 이슥해지는 그 밤의 한가운데에 서서, 빛과 영혼이 어떻게 하나로 합쳐지는가를 바라보았다. 그리고 그녀는 그의 말을 되새김으로써 외로움과 슬픔을 달랬다.

"나는 이제 갑니다. 내가 아직 말하지 않은 진리가 있다면, 내가 조각조각 흩어져 영원한 침묵으로 있더라도, 그 진리가 나를 찾아 하나로 만들 것이니 나는 다시 오리라."

오, 안개여! 나의 누이여!

　날이 완전히 저물었을 때, 알무스타파는 언덕으로 올라갔다. 안개에 둘러싸여 그는 모든 것이 숨겨져 있는 듯한 암벽과 하얀 삼나무 사이에 서서 말했다.

　"오, 안개여! 나의 누이여!
　채 형태도 갖추지 못한 하얀 숨결의 누이여!
　나는 하얗고 소리 없는 숨결로 너에게 돌아왔노라.
　아직 말하지 않은 단 한마디 말로서…….

　오, 안개여! 나의 날개 달린 누이여!
　우린 지금 함께 있구나.
　삶의 두 번째 날까지 우린 함께 있을 것이니
　삶의 새벽은 너를 동산의 이슬로 눕히고

나를 갓난아기로 만들어
여인의 가슴에 안기게 할 것이니
우린 기억할 것이다.

오, 안개여! 나의 누이여!
나는 저 깊은 곳에 귀 기울이는
심장이 되어 돌아왔다.
마치 나의 심장처럼,
너의 갈망처럼 두근거리기는 하지만 목적 없는 갈망.
네 생각처럼 아직 산만한 마음이 되어…….

오, 안개여! 나의 누이여!
나는 내 어머니에게서 맨 처음 태어났지.
내 손에는 네가 나에게 뿌리라고 준 씨앗이 아직 있는데
그리고 내 입술은 네가 나에게
부르게 한 노래로 가득 봉해져 있는데
나는 너에게 과일 한 개를 갖다 주지 못했고
어떤 메아리도 선물하지 못했지.
내 손은 눈멀었고
내 입술은 양보를 몰랐기 때문에…….

오, 안개여! 나의 누이여!
나는 세상을 무척 사랑했고
세상 또한 나를 사랑했지.
내 미소가 모든 세상의 입술에,
세상의 모든 눈물이 내 눈에 있었기에.
하지만 세상과 나 사이에는
엄청난 침묵이 자리하고 있었네.
나는 그걸 뛰어넘지 못했어.

오, 안개여! 나의 누이여! 영원한 누이, 안개여!
나는 이런 시절에 옛 노래를 불렀지.
사람들은 노래를 듣고 깜짝 놀랐어.
하지만 내일, 그들은 그 노래를 잊을 거야.
바람이 그 노래를 누구에게 실어다 줄지…….
노래가 다시 돌아와 내 것이 되지 않더라도
그 노래는 내 입술에 잠깐이라도 머물렀으니…….

오, 안개여! 나의 누이여!
이 모든 것이 사라질지라도 나는 평화로워.
사람들에게 노래를 들려 준 것만으로 충분하지.

그 노래가 정녕 내 소유가 아니더라도
여전히 그 노래는 내 마음속 깊은 곳의 갈망.

오, 안개여! 나의 누이여!
지금 나는 너와 하나.
더 이상 나는 나 자신이 아니지.
담장은 무너져버렸고 쇠사슬은 끊겨서
안개여, 나는 너에게 오를 것이니
삶의 두 번째 날이 올 때까지
우린 함께 항해를 할 거야.
새벽이 너를 이슬로 눕힐 때
그리고 나를 갓난아이로 만들어
여인의 가슴에 안기게 할 때까지."

저기에 우리의 다정한 벗 칼릴이 있고,
그의 이야기는 하느님께서 우리들 마음속에 써 주신 것이기 때문에,
세월이 가도 지워지지 않는답니다.

제 **3** 장

이단자 칼릴
― 반항하는 정신, 자유혼

Kahlil Gibran

01

　마을의 족장인 쉐이크 압바스는 사람들에게 왕처럼 군림했다. 난쟁이들 가운데 서 있는 거인처럼, 궁전 같은 그의 집은 가난한 마을 사람들의 초라한 오막살이집들 사이에 우뚝 솟아 있었다. 마을 사람들은 아무리 땀을 흘리고 일을 해도 그날그날 먹고살기조차 어려웠는데, 쉐이크 압바스의 생활은 사치스럽고 호화롭기 이를 데 없었다.

　쉐이크 압바스가 말을 하면 마을 사람들은 머리를 조아렸고, 그가 노하면 겁에 질려 벌벌 떨었다. 쉐이크 압바스가 어떤 사람의 뺨을 때렸을 때에도, 뺨맞은 자가 왜 뺨을 맞았는지를 알아보려고 했다가는 이단자로, 반역자로 용서를 받지 못할 정도였다.

　마을 사람들이 쉐이크 압바스를 두려워하고 그에게 복종할 수밖에 없었던 것은, 그들이 살고 있는 집과 농사짓는 농토까지 모두가 그의 소유였기 때문이다.

땅을 갈고 씨뿌리며 곡식을 거두어들이는 것이 다 그의 감독 아래 이루어졌고, 농부들이 수고한 대가로 얻는 것은 쉐이크 압바스가 인색하게 떼어 주는 아주 적은 분량의 양식뿐이었다. 대부분의 마을 사람들이 추수 때가 되기 전에 양식이 떨어져, 다음 추수 때가서는 그 빚을 두 배로 갚아야 되는 것을 잘 알면서도 눈물을 머금고 쉐이크 압바스에게서 양식을 꾸어야 했다.

이렇게 해서 가난한 농부들은 평생을 두고 쉐이크 압바스에게 노예처럼 매여 살면서 자식들에게는 빚만을 유산으로 물려 주어야 했다.

02

겨울이 왔다. 모진 바람을 타고 많은 눈이 내렸다. 산골짜기와 들에는 가지만 앙상하게 남은 나무들뿐, 들에서 난 곡식들은 모두 쉐이크 압바스의 창고에 저장되었고, 포도밭에서 딴 열매들은 포도주로 변해 쉐이크 압바스의 술독에 부어졌다. 그나마 이때가 되어야 마을 사람들은 불가에 모여앉아 지난날의 이야기를 나누면서 조금은 한가롭게 지낼 수 있었다.

묵은해가 저물고 새해가 밝아 오기 전날 밤이었다. 눈이 몹시 내리기 시작했고 세찬 바람이 높은 산, 깊은 골짜기를 훑어내렸다. 눈은 바람에 날려 골짜기에 눈더미를 쌓았고, 뽀얀 눈안개가 골짜기 옆으로 흩어져 있는 마을 사람들을 뒤덮고 있었다. 오두막집 창문을 통해 깜박거리던 불빛도 하나 둘 꺼져갔다. 개들은 제집으로 기어들었고, 가축들은 외양간 속 깊숙이 움츠러들었다. 무섭게 휘몰아치는 눈보라에, 마치 사나운 산짐승들까지도 숨을 죽이고 있는 것 같았다.

하늘이 이렇게 맹위를 떨치던 날 밤, 한 젊은이가 키자야 수도원과 쉐이크 압바스의 마을을 이어 주는 가파르고 꼬불꼬불한 산길을 걷고 있었다. 손과 발은 얼어 마비가 되었고, 추위와 배고픔으로 기진맥진해 있었다. 죽음의 시각이 채 다다르기도 전에 수의를 입고 죽음의 그림자에 휩싸인 것처럼, 그가 입고 있는 검은 옷은 내리는 눈으로 하얘져 있었다.

몰아치는 눈보라를 이겨 내려고 안간힘을 써도 한 걸음을 내딛기가 어려웠다. 슬픔과 절망 속에서 가냘픈 그의 목숨은 꺼져가고 있었다. 소용돌이에 휘말려 물 속 깊이 빠져 들어가는 날개 부러진 한 마리 새처럼, 그는 눈보라에 휩쓸려 눈 속에 빠져들고 있었다. 피가 얼어 순환을 멈출 때까지, 그는 걷고 넘어지기를 계속했다.

무심한 하늘의 무자비함에 쓰러지며 부르짖는 젊은이의 비명소리는 삶에 대한 그의 사랑이요, 절규였다.

03

    쉐이크 압바스의 마을 북쪽, 바람이 몹시 몰아치는 산등성이에 레이첼이라는 여인과 아직 열여덟이 되지 않은 딸 미리암이 사는 외딴집이 있었다. 레이첼의 남편은 6년 전 비명의 죽음을 당했으나, 아직도 누가 그를 죽였는지는 알려지지 않았다.

    여느 과부들처럼 레이첼도 삯바느질을 하면서 겨우 살아가고 있었다. 추수 때가 갓 지나면 여인은 들에 나가 남들이 거두고 난 뒤에 떨어져 있는 이삭을 줍고 남들이 따고 남은 과일 찌꺼기를 찾아 나서곤 했다. 한편 어여쁘고 착한 딸 미리암은 홀어머니의 수고를 잘 거들었다.

    다른 겨울날보다 유별나게 더 춥고 눈보라가 유난스레 심하던 그날 밤, 두 모녀는 벽난로 앞에 앉아서 사위어 가는 불을 쪼이고 있었다. 불타던 나무토막들은 잿더미 속으로 사그라지고 깜박이는 불똥만이 모녀를 어둠 속에서 지켜 주고 있었다. 슬픔을 간직한 사람들의 마음속에 희망의 빛을 비춰 주는 기도처럼.

밤은 점점 깊어가는데, 모녀는 밖에서 울부짖는 바람소리에 잠을 이루지 못하고 있었다. 갑자기 미리암이 소스라치게 놀라면서 소리치듯 말했다.

"들으셨어요? 어머니, '사람 살려' 하는 소리가 났어요."

어머니는 잠시 밖으로 귀를 기울이고 나서 말했다.

"바람소리밖에 안 들리는데?"

그러자 미리암이 말했다.

"그런 소리가 분명히 났어요."

미리암은 방문을 조금 열고 밖을 내다보다가 다시 소리쳤다.

"또 들려요, 어머니!"

레이첼도 급히 일어나 창가로 가서 귀를 기울였다.

"나도 들었다. 내가 나가볼게."

레이첼은 길고 두툼한 겉옷으로 몸을 감싸고 문 밖으로 조심스럽게 걸어 나갔다. 미리암은 긴 머리카락을 바람에 날리면서 그대로 문가에 서 있었다.

얼마만큼 눈길을 헤치고 나간 레이첼이 멈춰 서서 소리쳤다.

"누구세요? 어딥니까?"

아무런 대답이 없었다.

"누구세요? 어딥니까?"

같은 말을 되풀이해 보았으나, 바람소리밖에는 아무것도 들리지 않았다. 레이첼은 용기를 내서 앞으로 더 나아가 보았다. 주위를 두루 잘 살피면서 얼마를 더 걸어 나갔을 때, 눈 위에 깊이 나있는 사람의 발자국을 발견하고 그 발자국들을 따라가 보았다. 그러자 마치 하얀 옷감 위에 놓인 한 조각의 검은 헝겊처럼 눈 위에 사람이 쓰러져 있었다.

레이첼은 가까이 가서 눈을 털고 그의 가슴에 손을 대보았다. 심장이 아주 약하게 뛰고 있었다. 레이첼은 집을 향해 소리쳤다.

"미리암, 이리 좀 와! 사람을 찾았어!"

집에서 뛰어나온 미리암은 추위와 두려움에 떨면서도 어머니의 발자국을 따라왔다. 꼼짝도 하지 않고 죽은 듯이 어머니의 무릎에 누워 있는 젊은이를 보고 미리암은 기겁을 했다.

어머니는 젊은이의 겨드랑이 밑에 손을 넣어 들면서 말했다.

"무서워하지 마라, 미리암. 아직 살아 있어. 어서 집으로 옮기자."

세찬 눈보라와 싸우면서 젊은이를 집으로 옮긴 모녀는 불가에 그를 눕혔다. 레이첼은 얼어서 굳어버린 그의 손발을 비벼서 녹여주었고, 미리암은 자기의 옷자락으로 눈이 녹아 젖은 그의 머리를 말려 주었다.

한참만에 젊은이는 조금씩 움직이기 시작했고 눈꺼풀이 떨리더니, 긴 한숨을 내쉬었다. 지켜보고 있던 모녀는 그가 생명의 위험한 고비를 넘긴 것을 보고 기뻐했다. 미리암은 어머니가 젊은이의 겉옷을 벗기는 것을 거들면서 물었다.

"어머니, 이런 옷은 수도원의 수도사들이 입는 옷 아니에요?"

마른나무 한 다발로 불을 더 지피면서, 레이첼도 좀 이상하다는 표정으로 팔을 보면서 대답했다.

"글쎄, 수도사들은 이렇게 날씨가 험악한 날 밤에는 수도원을 떠나지 않을 텐데……."

"수도사들은 턱수염이 나 있던데, 이 남자는 얼굴에 수염이 없네요."

"수도사든 죄인이든 상관없어. 다 죽게 된 사람은 살려놓고 봐야지."

레이첼은 딸에게 대꾸하면서, 벽장에서 포도주를 꺼내 그릇에 조금 따랐다. 미리암은 젊은이의 머리를 받쳐서, 어머니가 그에게 포도주를 먹이기 쉽게 해주었다.

포도주를 한 모금 받아 마신 젊은이는 눈을 뜨고 자기를 구해준 모녀를 뜨거운 감사의 눈물이 고인 눈으로 올려다보았다.

죽음의 날카로운 발톱 사이에 끼었다가 구출받아 삶의 보드라운

품에 안긴 자의 표정이 그의 얼굴에 떠올랐다. 그것은 헤아릴 길 없는 절망에 빠졌던 사람이 다시 희망을 찾았을 때의 표정이었다.

그는 눈을 감고 떨리는 입술로 가까스로 말했다.

"하느님의 축복이 두 분에게."

레이첼은 얼른 젊은이의 어깨에 손을 얹으며, 그의 말을 막았다.

"말하지 말고 안정하세요. 무리하면 안 돼요."

미리암은 덧붙여 말했다.

"이 베개 위에 머리를 놓으세요."

레이첼은 포도주를 더 따라 젊은이에게 마시게 하고, 빵과 잼 그리고 마른 과일을 가져다가 어머니가 어린애에게 하듯, 조금씩 그에게 먹이기 시작했다.

젊은이의 젖은 겉옷을 잘 마르도록 불가에 걸어놓고, 다소곳이 어머니 곁에 앉은 미리암은 소녀의 따사로운 순정이 담뿍 담긴 눈길로 그를 내려다보았다.

기운을 좀 차린 젊은이는 벽난로 앞 매트에 일어나 앉았다. 불길이 그의 창백한 얼굴에 붉게 반사되었다. 그의 두 눈이 빛나더니, 그는 고개를 천천히 저으며 말했다.

"하늘의 섭리는 알 수가 없습니다. 나를 죽음으로 몰아 낸 것도, 잃었던 목숨을 되찾게 된 것도 다 하늘의 뜻일 텐데, 정말 알 수가 없습니다."

레이첼이 물었다.

"이렇게 날씨가 사나운 날 밤에는 짐승들도 얼씬하지 않는데, 어떻게 수도원을 떠났어요?"

솟구치는 눈물을 마음속 깊은 곳으로 되돌려 보내기라도 하려는 듯, 젊은이는 두 눈을 지그시 감고 대답했다.

"짐승들은 그들의 굴이 있고, 하늘을 나는 새들도 그들의 둥지가 있지만, 사람의 아들은 그의 머리 둘 곳이 없지요."

이 말에 레이첼이 반문했다.

"그건 예수님께서 예수님 자신에 대해 하신 말씀이 아닌가요?"

이 물음에 젊은이는 다시 대답했다.

"언제 어디서나 불의와 부정에 타협하지 않고 진리만을 따르고자 하는 올바른 정신을 가진 모든 사람을 대신해서 하신 말씀이지요."

잠시 생각에 잠겼던 레이첼이 다시 물었다.

"그렇지만 수도원의 금고는 금과 은으로 가득하고, 창고는 양식으로 차 있고, 외양간에는 살찐 소들과 양들이 많은데, 어째서 그런 안식처를 버리고 이 날씨 사나운 밤에 길을 떠났나요?"

젊은이는 깊이 한숨을 쉬고 나서 대답했다.

"그곳에서 더 이상 견딜 수가 없었습니다."

레이첼이 되물었다.

"수도원의 수도사들은 전쟁터의 군인들처럼 윗사람의 어떤 명령에도 복종해야 되지 않나요? 전에 듣기로는 자기 뜻과 생각이나 욕망과 감정을 다 없애버리지 않고서는 수도사가 될 수 없다던데요. 어떻게 수도원에서 당신에게 오늘밤처럼 눈보라가 무섭게 치는 밤에 목숨을 잃으라고 길을 떠나라 했겠어요?"

젊은이는 대답했다.

"수도원에서는 눈 뜬 장님, 귀머거리, 그리고 벙어리가 되기 전에는 수도사가 될 수 없답니다. 그런데 나는 보고 듣고 말을 했기 때문에 수도원을 떠나게 된 것이지요."

미리암과 레이첼은 숨겨진 비밀이라도 발견한 것처럼, 그의 얼굴을 유심히 들여다보았다.

재미있다는 듯 레이첼이 또 물었다.

"눈과 귀가 있어 보고 듣는 지각 있는 사람이 그래, 이런 밤에 산길을 떠났나요?"

한동안 잠자코 있던 젊은이는 조용히 대답했다.

"수도원에서 추방당했습니다."

"추방이라니요?"

모녀는 합창이라도 하듯 함께 놀라 소리쳤다.

젊은이는 자기가 한 말을 후회하면서 고개를 들었다. 자비로운 모녀의 사랑과 동정이 저주와 증오로 돌변할까 봐 좀 두려웠기 때문이다. 그러나 모녀를 다시 쳐다보았을 때, 그들의 눈에서는 여전히 따뜻한 사랑과 동정의 자비로운 빛이 흘러나오고, 걱정스러운 표정으로 이야기를 더 듣고 싶어하는 것을 알 수 있었다.

목이 메인 음성으로 젊은이는 말을 계속했다.

"네, 수도원에서 쫓겨났습니다. 무지하나 선량한 백성들의 뼈를 깎고 기름을 짜서 세워진 궁궐 같은 수도원에서 안식을 찾을 수가 없었고, 가난한 농부들의 피땀으로 구워지는 빵을 마음 편히 먹을 수가 없었으며, 과부와 고아들의 피눈물로 빚어지는 포도주를 차마 마실 수가 없었기 때문이지요. 성실하고 신앙심 깊은 신도들에게서 돈과 양식을 빼앗기 위해서 마구 팔리는 기도문을 앵무새처럼 되뇌일 수가 없었기 때문에 수도원에서 쫓겨난 것입니다."

잠시 침묵이 흐르는 동안, 레이첼과 미리암은 젊은이가 한 말들을 마음속으로 깊이 되뇌었다. 그러다가 레이첼이 화제를 돌려 물었다.

"부모님은 계신가요?"

"부모도 집도 없습니다."

이 젊은이의 대답에 레이첼은 혀를 끌끌 찼고, 미리암은 핑그르 도는 동정의 눈물을 감추기 위해 얼굴을 돌렸다.

시들던 꽃이 새벽에 내리는 이슬로 해서 생기를 되찾듯, 낙담했던 젊은이는 두 모녀의 마음속 깊은 데로부터 솟아나는 이해와 샘으로 인해 용기를 되찾기 시작했다.

깊이 감사하는 마음으로 모녀를 바라보면서, 젊은이는 이야기를 계속했다.

"저는 일곱 살이 되기 전에 부모님을 다 잃었습니다. 마을 신부님이 저를 키자야 수도원으로 데리고 가서 그곳 수도사들에게 맡겼지요. 그들은 나에게 수도원의 소와 양들을 돌보게 했습니다. 나는 매일같이 수도원의 넓은 풀밭으로 가축 떼를 몰고 다녔습니다.

그러다가 나이 열다섯이 되었을 때, 그들은 나에게 이 검은 수도사 옷을 입혀 주고 수도원 성당으로 데리고 가서 제단 앞에 세우고는, 하느님과 성자들의 이름으로 맹세하고, 가난과 복종의 헌신적인 삶을 살 것을 서약하라고 했습니다. 가난이니 헌신이니 복종이니 하는 것을 수도원장이 어떻게 해석하고 하는 말인지, 또 그 말들이 무슨 뜻인지도 모른 채, 하라는 대로 나는 그 말들을 되풀이했지요.

내 본래 이름은 '칼릴'이었는데, 그 후부터는 수도사들이 나를 '모바라크 형제'라고 불렀습니다. 그러나 그들이 '형제'라고 한 것은 말뿐이었지 결코 형제처럼 나를 대해 준 적은 한 번도 없었어요. 자기네는 기름진 음식을 먹고 좋은 포도주를 마시면서 나더러는 마른 채소와 눈물이 섞인 물을 마시며 살라 하더군요. 자기네는 따뜻하고 안락한 잠자리에 들면서도 나더러는 외양간 곁에 있는 어둡고 추운 헛간에서 자라고 하더군요. 때때로 나는 남몰래 혼자서 탄식을 하면서 자신에게 물었지요.

'언제 나도 수도사가 되어, 복 많은 저들처럼 풍성함을 누려보나? 언제나 나도 저들처럼 좋은 음식과 포도주를 실컷 먹고 마셔보게 될까? 언제나 나도 저들처럼 힘든 일을 하지 않고도 편안히 먹고 살 수 있을까?'

그러나 이 모든 건 다 부질없는 꿈이었습니다. 언제나 나는 항상 같은 처지에 머물러 있었고, 가축을 돌보는 것 외에도 무거운 돌을 져 나르고 땅을 파야 했지요. 그러면서도 나는 주린 배를 채울 날 없이, 날마다 얼마 안 되는 빵조각으로 끼니를 때워야 했습니다. 그렇다고 나는 다른 곳에 갈 데조차 없었구요. 게다가 저들이 늘 말하는 대로 세상은 죄악과 슬픔의 바다요, 수도원만이 구원의 항구라고 알고 있었으니까요.

그러다가 저들이 누리는 풍성함의 근원을 알게 되었을 때, 그동안 내가 저들의 풍족함을 같이 나누지 않은 게 얼마나 다행스럽게 생각되었는지 모릅니다."

이렇게 이야기를 하고 난 칼릴은 자세를 바로하고, 모녀의 보잘것없는 이 오막살이집 안에서 아름다운 새 세상을 찾은 듯이 새삼스레 주위를 둘러보면서 말을 계속했다.

"저의 부모를 일찍 저 세상으로 데려가시고 저를 수도원에 버려 두셨던 하느님께서, 평생토록 제가 노예처럼 비참하게 사는 것을 원치 않으셨나 봐요. 그렇기에 어두웠던 저의 눈과 귀를 밝게 해 주시고, 진리의 빛과 소리를 보고 들을 수 있게 해주셨습니다."

이 말에 레이첼은 속으로 의문스럽게 생각했다.

'이 모든 사람 위에 고루 비치는 햇살 외에 또 다른 빛이 있을 까? 인간이 정말로 진리를 이해할 수 있을까?'

그때 칼릴이 말했다.

"참된 진리의 빛과 소리는 우리의 마음속으로부터 나오지요. 숨 겨진 마음의 비밀들을 영혼에게 나타내 주는 것이 진리의 빛과 소 리입니다. 진리는 어두운 밤의 장막을 통해서만 나타나는 별들과 도 같답니다. 세상의 다른 모든 아름다운 것들처럼, 진리의 꽃도 거짓의 그늘에서만 핀답니다."

이 말에 레이첼이 대꾸했다.

"많은 사람들이 마음씨 착하게 살아가고, 이웃을 돕고 사랑하는 것이 하느님을 섬기는 길이라고 믿어보지만, 이러한 사람들의 삶 이 즐겁지가 않답니다. 왜냐하면 이들은 죽는 날까지 비참하게 사 는 수밖에 없으니까요."

그러자 칼릴이 다시 말했다.

"인간을 비참하게 만드는 신앙과 가르침은 모두 다 거짓된 것이고, 인간을 슬픔과 절망으로 이끄는 착함 또한 거짓된 것입니다. 왜냐하면 행복을 찾고 행복의 복음을 전파하는 것이 인간의 목표이기 때문입니다. 이 세상에 귀양 온 것이 아니라, 영원한 하늘의 섭리에 따라 우리 자신 속에 숨겨진 인생의 비밀을 찾아 내기 위해 온 것입니다. 이것이 내가 나사렛 사람 예수의 가르침으로부터 배운 진리입니다.

이 진리의 빛이 수도원의 어두운 구석구석을 내게 보여 주었습니다. 이것이 내가 외롭게 혼자 나무 그늘에 앉아 울면서 배고파할 때, 골짜기와 들판이 내게 얘기해 준 비밀입니다. 이것이 바로 하느님의 뜻을 따라 예수께서 가르치신 대로 수도원이 전해야 할 종교이지요.

그런데 하루는, 내 영혼이 하늘의 진리에 취해서 뜰에 모여 있는 수도사들 앞에 나서서 저들의 잘못을 나무랐습니다.

'어찌해서 당신들은 여기 수도원에 편히 앉아 가난한 사람들의 땀과 눈물로 빚어진 빵을 먹으면서, 그 지식을 필요로 하는 백성들과는 동떨어져서, 저들의 무지를 깨우쳐 주기는커녕 고지식한 그들의 피를 빨아먹고 있습니까?

예수께서는 당신들보고 이리떼로부터 양을 지키는 어진 목자들이 되라 하셨는데, 어떻게 당신들은 양들을 잡아먹는 이리떼가 될 수 있습니까?

어떻게 당신들은 가난 속에서 평생토록 헌신적인 삶을 살기로 굳게 맹세하고 또 서약하고서도, 당신들이 한 말은 모두 잊어버린 채 안락한 생활을 할 수 있습니까?

어떻게 하느님의 뜻에 따라 산다고 하면서 종교가 뜻하는 모든 것을 다 저버릴 수 있습니까?

마음이 욕심으로 가득 차 있으면서 어떻게 수도를 한다는 것입니까? 당신들은 겉으로는 당신들의 육신을 죽이는 체하나, 속으로는 당신들의 영혼을 죽이고 있습니다. 겉으로는 이 세상의 모든 세속적인 것들을 질색인 양하면서도 속마음은 탐욕으로 부풀어 있습니다. 스스로를 백성의 지도자요, 스승이라 지칭하나, 사실을 말하자면 당신들은 강도와 다를 바가 없습니다.

이 수도원의 넓디넓은 땅일랑은 가난한 사람들에게 되돌려 주고, 백성들로부터 빼앗은 금과 은도 다 되돌려 줍시다. 사람들을 섬기는 하느님의 종이라고 말로만 하지 말고, 우리를 강하게 만들어 준 약한 자들을 말 대신 행동으로 섬깁시다. 그리하여 불행한 역사에 시달려온 이 나라 백성들로 하여금 환하게 미소 짓고, 하늘의 은혜와 생명의 영광 속에서 자유의 숨을 쉬게 합시다.

못난 백성들의 눈물은 잘난 당신들의 거드름 피우는 웃음보다 더 아름답고, 가난한 이웃을 돕는 저들의 소박한 마음씨는 이 수도원 곳곳에 세워지고 걸려 있는 우상들보다 더 거룩하며, 걸인이나 창녀를 측은히 여기고 동정하는 저들의 따뜻한 한 마디 말은 우리가 매일같이 빈말로 허공에 되뇌이는 긴 기도문보다 더 숭고한 것입니다.'

내가 이렇게 말하는 동안, 자기들 보기에 하찮던 내가 감히 그들 앞에 나서서 이렇게 대담하고 주제 넘는 말을 할 줄은 미처 몰랐다는 듯이 수도사들은 어안이 벙벙해서 듣고 있다가 내 말이 끝나자 한 수도사가 화가 나서, '우리 앞에서 네가 감히 어찌 그런 말을 하느냐?'고 말하고, 또 다른 수도사 하나는 크게 웃으면서, '그 따위 것들을 너는 네가 기르는 소와 돼지들한테서 배운 거냐?'고 말하고, 또 다른 수도사는 '야! 너는 이단자야! 혼 좀 나 봐라!'고 위협하며, 그들은 마치 문둥이라도 만난 듯이 흩어져 도망치듯 달아났습니다.

그들은 수도원장에게 보고를 했고, 나는 수도원장에게 불려갔습니다. 수도사들은 내가 혼쭐이 날 것이라고 좋아했습니다.

내가 매를 많이 맞고 40일 동안 감옥살이를 하게 되자 그들은 크게 기뻐했지요. 햇빛을 보지 못한 채 나는 무덤과 같은 감방 속에서 40일 동안을 보냈습니다.

그동안 나는 밤이 다하는 것도, 날이 새고 저무는 것도 알 수 없었고, 땅바닥에 기어다니는 벌레들 이외에는 아무도 얼씬거리지 않았습니다. 다만 한 조각의 빵과 초를 탄 한 컵의 물을, 그것도 하루 걸러서 이따금씩 주러 오는 발자국 소리 이외에는 아무것도 듣지를 못했습니다.

감옥에서 나오자 내 몸은 쇠약해져 있었고 수도사들은 내게 매질을 하고, 나를 굶기고 목마르게 함으로써 나의 생각하는 병을 고쳐 주고, 병든 내 영혼을 낫게 해주었다고들 말했습니다.

40일 동안의 고독 속에서 나는 궁리를 해보았어요. 어떻게 하면 이들 수도사들로 하여금 진리의 빛을 보게 하고, 인생의 참된 노래를 듣게 해줄 수 있을까 하구요. 그런데 아무리 궁리를 해보아도 별 수가 없어 보였어요. 오랜 세월을 두고 그들의 눈꺼풀을 덮고 있는 맹신과 맹종의 두꺼운 베일은 좀체로 쉽게 벗겨질 수 없고, 그들의 귀를 메운 독선과 위선의 껍질은 굳어질 대로 굳어져서 부드러운 손가락으로 건드려서는 뚫어지지가 않을 것이니까요."

잠시 침묵이 흐른 뒤 미리암이 자기가 말을 좀 해도 되겠느냐고 허락을 구하기라도 하듯, 레이첼을 쳐다보면서 말했다.

"오늘같이 춥고 무서운 밤에 추방당하신 걸 보면, 그 수도사들에게 또다시 말씀을 하셨나 보죠? 원수까지도 사랑하라는 예수님의 말씀대로 저들은 자기들을 나무라 주는 사람한테까지도 친절할 것을 배웠어야 했을 텐데요."

그러자 칼릴이 말했다.

"오늘 저녁처럼 불가에 앉아서 옛날 이야기와 우스갯소리를 하고 있는 수도사들에게서 내가 혼자 따로 떨어져 있는 것을 본 저들은, 나를 놀려 주려는 생각으로 내게로 가까이 왔습니다. 복음서를 읽으면서 예수의 아름다운 말씀을 곰곰이 생각하느라고, 나는 밖에서 눈보라치는 것도 잠시 잊고 있었지요. 생각에 몰두해서 나는 그들이 나를 조롱하려드는 것도 상관하지 않았습니다. 그러나 나의 침묵이 그들 비위에 더 거슬렸는지 한 수도사가 내 귀에다 대고 큰 소리로 '위대한 종교 개혁자이시여! 무엇을 읽고 계시나이까?' 하고 소리치는 것이었어요.

나는 그 질문의 답변으로 책을 펴고서 성경 한 구절을 큰 소리로 읽었지요.

'요한은 많은 바리새파 사람들과 사두개파 사람들이 세례를 받으러 오는 것을 보고 그들에게 말씀하셨다. 독사의 자식들아! 누가 너희에게 다가오는 징벌을 피하라고 일러 주더냐? 회개에 합당한 열매를 맺으라. 그리고 너희 스스로 아브라함이 우리 조상이라고 말할 생각을 말라. 나는 너희들에게 말하나니, 하느님은 이 돌들로도 아브라함의 자녀가 되게 하실 수 있느니라. 도끼가 이미 나무 뿌리에 놓였으니 좋은 열매를 맺지 않는 나무는 다 찍혀 불

속에 던져질 것이니라.'

　내가 그들에게 세례 요한의 이 말을 읽어 주자, 수도사들은 보이지 않는 손에 목이라도 졸린 것처럼 잠시 잠잠해지더군요. 그러더니 그들은 허세를 부리듯 큰 소리로 웃어댔습니다. 그러고는 그들 중에 하나가 말했습니다.

　'우리는 성경을 너보다 많이 읽었어. 그러니 소치는 녀석이 건방지게 우리한테 또다시 읽어 줄 건 없어.'

　이 말을 되받아 나는 다시 말했습니다.

　'만일 당신들이 이 성경 구절을 잘 읽고 그 뜻을 올바르게 이해했더라면, 이 나라 백성들이 가난에 시달리지 않고 뼛골이 빠지게 일하는 농부들이 추위와 굶주림에 떨지는 않을 것입니다.'

　내가 이렇게 말하자 한 수도사가 흥분해서 내 뺨을 때리고, 다른 수도사는 발길로 나를 차고, 또 다른 수도사는 내가 손에 들고 있던 성경을 빼앗았습니다. 이러는 동안, 또 한 수도사가 수도원장을 불러왔습니다. 화가 머리끝까지 오른 수도원장은 부르르 몸을 떨면서 소리쳤습니다.

　'이단자를 당장 이 거룩한 곳에서 끌어내어 눈보라치는 밤하늘로부터 복종을 배우게 해라. 하느님의 뜻을 따라 하늘이 저놈을 혼내 주도록 말이야. 그리고 그의 옷에 들끓는 반항의 병균을 너희들 손으로 깨끗이 씻어버려라. 저놈이 다시 돌아와서 아무리 용서를 빌어도 절대로 문을 열어 주지 말아라. 독사새끼는 새장에 넣어 키운다 해도 비둘기가 되지 못할 것이고, 찔레는 포도밭에 심어도 포도나무가 되지 못하는 법이니까!'

나는 수도원장의 명령대로 수도원 밖으로 끌어내졌고, 내 등 뒤에서 수도원의 큰 철문을 닫으면서 한 수도사가 크게 소리지르는 것이 들렸습니다.

'지금까지 소와 양과 돼지들의 임금 노릇을 하시던 대 개혁자께서 오늘밤 옥좌에서 쫓겨나셨구먼. 자! 이제는 어서 가서 마음놓고 이리들의 임금님이 되어 이리들이 가축을 잡아먹는 방법이나 개혁해 보시지.'"

깊이 한숨을 쉬고 얼굴을 돌려 불꽃을 바라보면서, 칼릴은 나직이 가라앉은 음성으로 하던 이야기를 끝맺었다.

"이렇게 해서, 나는 수도원에서 쫓겨나서 죽음의 손에 넘겨졌던 것입니다. 나는 무턱대고 눈보라와 싸웠습니다. 깊이 쌓인 눈 속에 발이 푹푹 빠져서 넘어지고 엎어지기를 수없이 반복했습니다. 죽음의 사자들만이 내가 구원을 구하는 소리를 들었을 것이라고 생각했습니다. 아마도 하느님께서는 내가 인생의 나머지 비밀을 채 다 알기 전에 죽는 것을 원치 않으셨나 봐요. 그래서 절망과 죽음의 눈보라 속에서 생명을 건져 주도록 두 분을 보내 주셨나 봅니다."

레이첼과 미리암은 어느 새 칼릴을 깊이 이해하고 알게 된 것 같았다. 레이첼은 저도 모르게 팔을 뻗어 칼릴의 손을 부드럽게 어루만져 주면서 말했다.

"하늘의 뜻에 따라 진리의 파수병으로 택함을 받은 이는 하늘의 눈보라도 멸해 버릴 수 없을 거예요."

그러자 미리암이 속삭이듯 덧붙여 말했다.

"눈보라는 꽃을 죽일 수는 있을지언정 꽃씨들까지 멸할 수는 없어요. 도리어 눈은 꽃씨들을 강추위로부터 따뜻하게 보호해 주지요."

이처럼 따뜻한 격려와 위로의 말을 들은 칼릴의 얼굴에는 홍조가 떠올랐다. 그는 조용히 음성을 가다듬어 말했다.

"제가 수도원에서 받은 박해는 아직 깨어나지 못한 이 나라 백성이 받는 수난의 상징입니다. 제가 죽을 뻔했던 이 밤은 정의가 펴지기 전에 있기 마련인 참다운 개혁과 같은 것입니다. 한 여인의 섬세한 마음으로부터 인류의 행복이 샘솟고, 한 여인의 순수한 친절로부터 인류의 사랑이 싹트지요."

칼릴은 두 눈을 감고, 베개 위로 머리를 기대었다. 두 모녀는 더 이상 그에게 말을 시키지 않았다. 오랫동안 추운 눈보라 속에서 시달린 피로가 그의 눈을 덮고 있는 것을 보았기 때문이다.

길을 잃었다가 마침내 엄마의 품에 다시 안겨 안정과 평화를 되찾은 어린애처럼, 그는 곤히 잠들었다.

레이첼과 미리암은 그들의 침대로 가서 걸터앉아, 이 낯선 젊은 나그네에게서 그들의 영혼과 마음을 잡아끄는 마력을 느끼는 듯 잠든 그의 여윈 얼굴을 바라다보았다.

레이첼이 혼잣말처럼 소곤거렸다.

"저 감은 두 눈에는 침묵 속에서도 말을 하고 영혼의 아쉬움을 불러일으키는 이상한 힘이 있지?"

미리암이 응답하듯 귓속말로 말했다.

"그의 손은 성당에 있는 예수 그리스도의 손 같네요."

어머니가 다시 소곤거리듯 딸에게 말했다.

"저 얼굴은 남자의 대담함과 여자의 부드러움을 함께 지니고 있구나, 그렇지?"

잠의 날개를 타고, 두 여인도 꿈나라로 들어갔다. 난롯불은 사위어 재가 되고, 등잔의 불빛도 어두워지다가 아주 사라졌다. 어두운 밤하늘은 쉬지 않고 눈의 장막을 겹겹이 펴서 온 누리에 흩뿌렸다.

04

닷새가 지났다. 눈은 계속 내려 산과 들을 겹겹이 덮고 있었다.

칼릴은 세 번이나 길을 다시 떠나려고 했으나, 레이첼이 번번이 말리면서 이렇게 말했다.

"귀한 목숨을 무모하게 버리려 하지 마시고 여기 그대도 머물러 계세요. 두 사람이 먹을 수 있는 빵으로 세 사람이 먹을 수 있고, 당신이 떠난 뒤에도 불은 여전히 당신이 여기에 오기 전이나 마찬가지로 지펴야 하니까요. 우리는 가난하지만 연명해 나갈 양식은 있어요."

한편 미리암은 말없이 애련한 눈으로 그에게 떠나지 말 것을 애원했다. 미리암은 칼릴이 집에 온 뒤부터 가슴이 설레이고 뛰는 것을 느꼈다.

새벽 이슬을 머금고 향기로운 숨을 쉬는 한 송이 흰 장미꽃처럼,

낮에는 시인의 꿈을, 그리고 밤에는 예언자의 꿈을 꾸면서, 하늘의 음악으로 부풀어 있는 청초한 한 소녀의 순진한 마음속에 남몰래 싹트는 숨겨진 사랑보다 더 순결하고 애틋한 것이 있을까?

이러한 사랑이야말로 그리움에 지쳐 삶이 고달파진 나그네의 외롭고 애달팠던 마음을 달래 주고, 폭풍우 휘몰아치는 먹구름장이 저 너머 떠오르는 무지개 같은 꿈으로 벅차도록 그의 가슴을 고동치고 울렁이게 해주는 것이 아닐까?

동양의 여인들이 서양 여인들과 특별히 다른 점이 있다고 한다면, 그것은 이들이 저 서양 여자들처럼 되바라지지 못한 점이 아닐까? 아마도 그녀들은 저들처럼 자유롭게 교육을 받지 못하고 자라난 탓으로 외적인 발전을 억제당한 채 밖으로 피어나지 못하는 대신, 내적인 정신 세계를 창조해 안으로 마음속 신비의 꽃을 가꾸게 되나 보다.

이 땅의 심장으로부터 샘솟아 계곡을 흐르는 냇물이 바다로 향한 물길을 찾을 수 없어 밤하늘에 반짝이는 별들과 밝은 달을 비추어 주는 호수가 되는 것처럼…….

주위를 떠도는 미리암의 영혼이 소리 없이 속삭여 주는 숨소리를 칼릴은 들을 수 있었고, 외곬으로 흐르는 미리암의 마음이 그의 내적 존재의 해안에 파도치듯 쉬지 않고 와 닿는 것을 그는 느낄 수 있었다. 말라붙었던 시내가 비를 반기듯, 사랑에 굶주리고 목말라 하던 자신의 영혼이 난생 처음으로 기쁨을 알게 되는 것 같았다.

그러나 칼릴은 자신의 성급함을 나무랐다. 이 마을을 떠나는 날, 지금의 이 기쁨도 구름처럼 지나가 버릴 것을 두려워하면서, 그는 속으로 자신에게 물어보았다.

'정녕 별들의 만나고 헤어짐은 그 어느 누구의 뜻과 섭리에서이며, 우리에게 슬픔과 함께 기쁨을, 기쁨과 더불어 슬픔을 주는 인생이란 무엇일까? 진리를 통한 인간의 참된 행복만이 인간에 대한 하느님의 뜻과 섭리가 아닐까? 그렇다면 지금 무엇을 두려워하는 것이며, 무엇 때문에 미리암의 눈에서 나오는 사랑의 빛에 눈을 감아야 하나?

내 비록 추방당한 이단자로 낙인찍힌 몸이요, 미리암은 끼니조차 넉넉지 못한 가난한 집 딸이지만, 우리의 마음과 영혼이 숨조차 쉴 수 없단 말인가?

하지만 만일 레이첼이 자기 딸 미리암과 나 사이에 사랑이 움트고 있는 것을 알게 된다면 어떻게 생각할까?

만일 이 마을 사람들이 수도원에서 쫓겨난 내가 과부 모녀가 사는 집에 숨어 있는 것을 알게 된다면 무어라고 할 것인가?

만일 내가 이 마을 사람들에게, 새장 속에 갇혀 있던 한 마리 새처럼 나는 자유를 찾아 수도원에서 뛰쳐나온 것이라 말한다면, 그들은 내 말을 어떻게들 들어 줄 것인가?

만일 이 마을 쉐이크의 귀에 내 말이 들어가고, 이 마을 신부가 내가 수도원에서 추방당한 이유를 알게 된다면 어찌 될 것인가?'

난롯가에 앉아 타오르는 불꽃을 바라보면서, 칼릴은 이와 같은 여러 가지 생각에 골똘해 있었고, 미리암은 그의 곁에 조용히 앉아 이따금 수줍게 칼릴의 옆얼굴을 살며시 쳐다보면서, 고난에 찬 그의 얼굴에 새겨져 있을 하늘처럼 높고 푸른 그의 꿈들을 읽어보고, 바다처럼 넓고 깊은 그의 가슴속에 무궁무진하게 담겨져 있을 그의 보배로운 생각들이 메아리쳐 나오는 소리를 들어보려고 했다.

그러던 어느 날 저녁, 칼릴이 창가에 서서 하얗게 눈 덮인 골짜기와 들을 내다보고 있는데 미리암이 곁에 와서 섰다. 두 사람의 눈길이 마주치는 순간, 칼릴은 깊은 탄식과 함께 눈을 감았다.

그리고 그의 영혼은 한없이 넓은 하늘을 항해하면서 할 말을 찾아보았으나, 한 마디의 말도 떠오르질 않았다. 두 사람 사이엔, 이 순간 아무 말도 필요하지 않았다. 이렇게 말없이 길이로 잴 수 없는 시간이 흐른 다음, 미리암이 물었다.

"머지 않은 날 눈이 다 녹아 시내로 흘러들고 길이 다 마르게 되면, 어디로 떠나시겠어요?"

칼릴이 감았던 눈을 뜨고 저 멀리 지평선 너머를 바라보면서 대답했다.

"내게 주어진 운명대로, 진리가 나를 이끄는 대로, 나의 사명이 나를 부르는 대로 길을 따라 어디로든지 갈 겁니다."

이 대답에 미리암은 떨리는 가슴으로 깊이 숨을 쉬며, 애처롭도록 가냘픈 목소리로 흐느끼듯 속삭였다.

"여기 우리 집에 그대로 머무시어, 우리와 가까이 계시지 그러세요? 우리하고 같이 살면 안 되나요?"

짜릿해 오는 마음을 짐짓 무디게 하면서 칼릴이 다시 대답했다.

"이곳 마을 사람들이 수도원에서 쫓겨난 이단자를 자기네 이웃으로 받아들이지도 않을 뿐더러, 그들은 수도원의 적은 곧 하느님과 모든 성자들의 적인 동시에 저주받은 불신자라고 믿고 있기 때문에, 내가 자기네들과 같은 공기를 마시는 것조차 싫어할 것입니다."

미리암은 신음소리를 조금 내었을 뿐 더 이상 아무 말도 하지 못했다. 칼릴이 하는 말이 모두 미리암의 속마음을 몹시도 아프게 하는 사실인 바에야, 어찌 무슨 말을 할 수 있으랴?

칼릴은 몸을 돌려 미리암을 마주 보면서 말을 계속했다.

"이곳 마을 사람들은 어렸을 때부터 복종하고 따르는 법만 배워왔고, 따라서 자유롭게 독자적으로 생각할 줄은 모를 뿐 아니라, 스스로 자유롭게 생각하는 자를 모두 미워하고 저주하도록 배워왔거든요. 그래요, 사람들은 독수리처럼 생각이 하늘 높이 솟는 사람으로부터는 멀리 떨어져 있도록 훈련이 잘 되어 있어요.

그러나 하느님께서는 남을 모방하는 무지한 무리들에 의해 예배되는 것을 원치 않으시고, 또 스스로 진리를 찾고 거짓과 싸우면서 자유의 깃발을 높이 드는 반항 정신에 의해서만 역사는 이루어지고 발전하게 되는 겁니다. 내가 만일 이 마을 사람들에게 자기네들 좋을 대로 자유롭게 하느님을 믿고 섬기라 한다면, 그들은 내가 하느님께서 교회에 주신 권능에 불복하는 비신도요, 이단자라고 할 것이고, 자기네들 마음의 소리에 귀 기울이고, 자기네들 영혼의 뜻에 따라 행동하라 한다면, 그들은 내가 나라와 종교를 위태롭게 하는 불순하고 위험한 사상을 퍼뜨리는 죄인이요, 반역자라고 할 것입니다."

잠시 말을 쉬고, 미리암의 눈을 똑바로 들여다보던 칼릴이 미리암의 손을 잡으면서 기도하듯 경건하게 말했다.

"그렇지만 미리암, 이 마을엔 내 마음과 영혼을 사로잡는 이상한 힘이 있습니다. 이는 나로 하여금 지나간 옛날의 모든 괴로움을 다 잊게 해주는 신비스런 힘이지요. 이 마을에서 나는 죽음을 바로 그 면전에까지 가서 만나 보았고, 또 이곳에서 내 생명을 되찾았지요.

이 마을에는 가시덤불 속에서 자랐지만 더할 수 없이 싱그럽고 아름다운 한 송이 꽃이 있습니다. 이 꽃의 아름다움이 내 마음을 취하게 하고, 이 꽃의 향기가 내 영혼을 취하게 한답니다.

그런데 이토록 내게 소중한 꽃을 떠나 진리를 전파하러 정처 없이 길을 떠나야 옳을지, 아니면 이 꽃 곁에 있으면서 주위의 가시덤불 속에 내 모든 생각과 꿈을 묻어버려야 옳을지……."

이렇게 칼릴이 말끝을 흐리자, 새벽녘에 불어오는 산들바람에 흔들리는 한 송이 백합꽃처럼 미리암이 몸을 파르르 떨었다.

"우리는 신비롭고도 자비로운 하늘의 섭리에 따라 서로 만나 알게 되지 않았나요? 그러니 하늘의 뜻대로 되어야지요."

이렇게 더듬거리며 말하는 미리암의 열띤 마음이 칼릴의 마음을 뜨겁게 해주었다. 그 순간, 두 마음이 완전히 결합되고, 두 영혼이 하나로 뭉쳐져, 이들의 인생을 밝히는 횃불이 되었다.

05

창세 이후 오늘날까지 어느 나라 어느 지역에서고, 흔히 조상으로부터 많은 재산을 유산으로 물려받고, 종교와 손을 잡고 돈으로 정권을 사거나, 아니면 총칼로 정권을 잡아 스스로 백성 위에 지배자로 군림하는 족속이 있어 왔다. 이것은 백성들의 무지를 철저히 깨치는 방도 말고는 치유될 수 없는 인간 사회의 오래된 고질이다.

유산으로 재산을 물려받는 자는 약하고 가난한 자의 피와 땀으로 대궐 같은 집을 짓고, 성직자라 일컫는 자는 신자들의 무덤 위에 그들의 뼈로 교회와 성상을 세운다. 목사나 신부는 어리석고 가난한 백성의 주머니를 털고, 집권자는 목사나 신부에게서 값진 뇌물을 받아낸다.

집권자가 험악한 얼굴로 백성들에게 겁을 주면, 목사나 신부는 교활한 미소로 그들을 위로한다. 이리하여 양떼 같은 백성들은 늑대 같은 정치인과 여우 같은 종교인 사이에서 찢기고 뜯기어 멸해진다. 지배자는 스스로를 법이라 하고, 성직자는 스스로 신의 사자라고 주장한다. 이 둘 사이에서 백성들의 육체가 고문을 당해 죽어가고, 백성들의 정신이 질식을 당해 숨통이 막힌 채 시들어버린다.

산이 많고 햇볕은 풍부하나 지식이 빈약한 나라 레바논에서는, 지배자와 성직자들이 가난한 백성을 착취하기 위해 손을 잡아온 지 오래되었다.

무지한 탓으로 어리석고 가난할 수밖에 없는 백성들은 지배자의 칼날이 무섭고 신부의 저주가 두려워서, 땅을 갈고 곡식을 거두었다. 지배자에게 엄청나게 많은 뇌물을 바친 모리배와 지배자의 비위를 썩 잘 맞춘 아첨배가 높은 자리에 자랑스럽게 뻐기고 앉아, 벙어리와 귀머거리와 장님이 다 된 백성들을 굽어보면서 '집권자 나리께서 나를 너희들의 주인이 될 관리로 임명하셨노라.'고 소리쳐도 사람들은 침묵을 지켰을 뿐이다. 왜냐하면 죽은 자는 말이 없기 때문에.

자고로 정치인과 종교인 사이가 좋은 것은 다름이 아니라, 종교인이 있음으로 해서 백성을 무지하게 만들고 복종의 정신만을 백성의 머릿속에 집어넣을 수 있게 되기 때문이리라.

칼릴과 미리암이 말없이 사랑을 속삭이고, 레이첼이 흐뭇한 마음으로 이들을 대견스럽게 바라보고 있던 어느 날 저녁, 이 마을의 신부 엘리아스가 쉐이크 압바스를 찾아갔다. 그리고 키자야 수도원 원장이 한 젊은 목동을 수도원에서 추방했고, 이 추방당한 목동이 과부 레이첼의 집에 피신한 사실을 일러 바쳤다. 그것으로 부족했던 그는 덧붙여서 이렇게 말했다.

"수도원에서 몰아낸 악귀를 이 마을에서 천사로 만들 수는 없습죠. 게다가 순진한 이 마을 농부들이 이 녀석한테서 나쁜 물이라도 들게 되면 큰일입죠."

그러자 쉐이크가 물었다.

"하찮은 목동 녀석인데 우리 마을 사람들이 나쁜 영향을 받을 것이라 생각하시오? 괜한 걱정보다는 차라리 우리 마을의 목동이나 포도밭지기로 삼는 것이 어떻소? 그러지 않아도 일손이 딸리는 판이니 말이오."

이 말에 신부의 낯빛이 조금 긴장되는 듯하더니 턱수염을 쓰다듬으면서 조심스럽게 말했다.

"부려먹기에 적합했더라면 수도원에서 쫓아내지도 않았을 텐넵쇼. 어젯밤 제 집에서 묵어간 키자야 수도원의 한 수도사 말이, 이 녀석은 불순한 사상을 수도사들에게 퍼뜨리려다가 매 맞고 쫓겨난 놈이라 하더군요.

그리고 이 위험한 반항 정신을 가진 놈이 한 말까지 그래도 옮겨, '수도원의 밭과 포도원과 모든 재산을 가난한 농부들에게 다 되돌려 주고, 지식을 필요로 하는 무지한 백성을 깨우쳐 주라. 이렇게 함으로써 당신들은 당신들의 맡은 바 사명을 다하게 되고, 하늘에 계신 하느님 아버지를 기쁘게 해드릴 것이다.' 라고 외치더라고 말해 주더군요."

이 말이 채 끝나기가 무섭게 쉐이크 압바스는 펄쩍 뛰면서 종들을 불렀다. 기운 센 장정 셋이 들어오자, 그들에게 이렇게 명령했다.

"너희들 과부 레이첼의 집을 알지? 지금 당장 가서 수도사 옷을 입고 그 집에 숨어 있는 젊은 녀석을 잡아오너라. 만일 그 과부년이 귀찮게 굴거든 그 년의 머리채를 잡아 함께 끌고 와라. 죄인을 돕는 것도 죄가 되니까!"

종들이 머리 숙여 절하고 물러가자, 쉐이크와 신부는 칼릴과 레이첼에게 어떤 형벌을 줄 것인가 의논했다.

06

날은 이미 저물었고 밤의 어두운 장막이 무겁게, 눈에 덮여 있는 오막살이집들 위로 내리 깔렸다. 죽음의 고통을 당한 뒤에 오는 희망처럼, 깜깜한 밤하늘에 별들이 나타났다. 집집마다 등불이 켜졌다.

레이첼과 미리암, 그리고 칼릴이 나무 식탁에 앉아 저녁식사를 막 하려고 하는데, 갑자기 요란하게 문 두드리는 소리가 들려왔다. 그러더니 무자비하게 생긴 남자 셋이 들어섰다. 레이첼과 미리암은 얼굴이 새파랗게 질렸다. 그러나 칼릴은 이들이 올 것을 기다리기나 했던 것처럼 태연했다.

셋 중의 하나가 칼릴에게로 다가와서 큰 손으로 칼릴의 어깨를 움켜잡고 물었다.

"네가 수도원에서 쫓겨난 놈이냐?"

"예, 그렇습니다."

칼릴이 침착하게 대답했다.

"너를 잡아오라는 쉐이크 압바스 나리의 명령을 받고 왔다."

레이첼이 백지장처럼 얼굴이 창백해지면서 소리쳤다.

"안 돼요, 안 돼. 이 젊은이가 무슨 죄를 지었다는 거예요."

그리고 두 모녀는 눈물로 애원했으며, 미리암은 울부짖는 음성으로 외쳤다.

"이 무슨 짓이에요! 한 사람한테 셋씩이나 덤벼들다니 비겁하게."

이 말에 화가 난 한 사람이 버럭 소리를 질렀다.

"이 마을에서 도대체 누가 감히 쉐이크 나리의 명을 어겨!"

그리고 나서 밧줄로 칼릴을 묶기 시작했다. 칼릴은 아무렇지도 않게 얼굴을 들고서 조금은 슬픈 미소를 띤 채 말했다.

"쉐이크가 당신들의 힘센 팔을 빌어 약자를 누르고 압박하는 거지요. 나 역시 어제만 해도 무지의 노예였습니다. 그러나 내일이 오면 당신들도 정신이 자유로워질 것입니다. 지금은 우리들 사이에 눈에 보이지 않는 절벽이 가로놓여 있지요. 그래서 우린 지금 당장은 서로 말이 통하지를 않습니다. 자, 어서 나를 마음대로 데려가십시오."

세 사람은 칼릴의 말에 마음이 약간 움직이는 듯했고 잠시 새로운 정신에 일깨워지는 듯싶었으나, 이들 귀에는 여전히 쉐이크 압바스의 명령이 쟁쟁하게 울려올 뿐이었다.

두 팔이 묶인 칼릴을 앞세우고 무겁게 느껴지는 양심 때문인지 그들은 묵묵히 쉐이크의 집으로 향했다.

갈보리 산까지 예수를 따라간 예루살렘의 여인들처럼, 레이첼과 미리암도 쉐이크의 집에까지 칼릴을 따라갔다.

07

중요하든 중요하지 않든 간에, 조그마한 이 마을에선 언제고 소문이란 빨리 퍼지게 마련이다. 외따로 떨어져서 바깥 세상과 연락이 드문 까닭에, 한정된 주위에서 일어나는 대수롭지 않은 일도 크게 이야깃거리가 되고는 했다.

더욱이 산과 들이 눈이불을 덮고 깊은 잠에 들어 있는 한겨울은 불가에 모여 앉아 이야깃거리를 찾기에 안성맞춤이었다.

칼릴이 레이첼과 미리암의 집을 떠난 지 얼마 안 되어서, 이야기는 온 마을에 전염병처럼 퍼졌다. 모두들 집에서 뛰쳐나와 사방으로부터 쉐이크의 집으로 모여들었다.

칼릴이 쉐이크의 집에 다다랐을 때는 벌써 넓은 앞마당이 수도원에서 쫓겨난 문제의 젊은이를 보려고 모여든 남녀노소들로 꽉차 있었다. 지옥의 병균을 퍼뜨리는 이단자 칼릴을 도와 주려 했다는 레이첼과 미리암에게도 사람들의 시선이 쏠렸다.

쉐이크 압바스가 앞자리의 한가운데 재판관으로 앉고, 그 옆에 신부 엘리아스가 앉았다. 그 앞에 두 팔이 묶인 채로 칼릴이 서 있고, 그 뒤에 레이첼과 미리암이 고개를 숙이고 몸을 떨면서 서 있었다.

그러나 진리를 발견하고 그를 따라나선 한 여인의 마음속에 공포가 어떻게 자리를 차지할 수 있을 것이며, 사랑에 의해 일깨워진 한 처녀의 순결한 영혼을 무리들의 조소가 어떻게 더럽힐 수 있겠는가?

드디어 쉐이크 압바스가 심문을 시작했다.

"자네 이름은 무엇인가?"

"칼릴입니다."

"자네 부모와 친척은 어디 있고, 고향은 어디인가?"

이 물음에 칼릴은 자기를 보고 있는 농부들을 가리키면서 말했다.

"당신의 압제에 시달리는 가난한 이 마을 사람들이 모두 나의 부모요, 친척이고, 이 넓은 땅덩어리가 다 나의 고향입니다."

이 당돌하고 엉뚱한 대답에, 내심 적이 놀란 쉐이크는 그래도 능청맞게 대꾸했다.

"자네가 자네의 부모 친척이라고 주장하는 이 마을 사람들은 모두 자네에게 벌 줄 것을 요구하고, 자네가 고향이라고 하는 이 땅덩어리는 자네가 발을 들여놓는 것을 거부한다네."

그러자 칼릴이 말했다.

"무지한 백성은 자기네의 진정한 벗을 잡아 폭군에게 넘겨 주고, 독재자는 압제의 멍에로부터 백성을 해방시키려는 의인을 박해합니다. 그러나 착한 효자가 자기 어머니가 병들었다고 어머니를 버리고 떠나겠습니까? 의리 있는 자가 비참해진 형제나 벗을 모른 체할 수 있겠습니까?

오늘 저녁 나를 체포해서 이곳까지 데리고 온 내 형제들을 좀 보십시오. 자기 자신의 삶과 자유를 버리고 당신에게 노예처럼 매인 몸이 되어, 꼭두각시처럼 졸개 노릇을 하자니 얼마나 분통 터질 노릇이며, 비참한 생활이 아니고 무엇이겠습니까?

당신 말대로 이 넓은 땅덩어리는 나를 반겨 주지도 않지만, 그렇다고 해서 욕심 많은 폭군들을 너무 반기다 못해 당장이라도 집어삼켜 주지도 않으니, 당신 같은 사람에게는 얼마나 다행스러운 일이겠습니까?"

당황해진 쉐이크는 칼릴의 기를 죽이고, 어떻게 해서든지 칼릴이 청중에게 영향을 미치지 못하게 할 셈인 양, 큰 소리로 껄껄 웃으면서 위엄 있게 말했다.

"애, 소치는 무식한 목동아, 네 생각엔 내가 너한테 키자야 수도원 원장보다 더 자비를 베풀어 줄 것 같으냐?"

칼릴이 대답했다.

"내가 소치는 목동이었던 것은 사실입니다. 그러나 나는 백정이 아니었던 것을 기쁘고 다행으로 생각합니다. 나는 소떼를 기름진 풀밭으로는 인도했지만, 메마른 땅으로 내몬 적은 없습니다. 깨끗한 냇물로 인도했지만, 더러운 늪길로 몰고 간 적은 없습니다. 날이 저물면 우리로 안전하게 데려갔지만, 이리떼의 먹이로 산골짜기에 내버려둔 적은 없습니다.

이렇게 나의 온 정성을 다해 목동으로서의 내 책임과 의무를 다했을 뿐, 날도둑 날강도같이 권리만을 주장한 적은 결코 없습니다.

만일 당신도 내가 가축을 보살폈듯이 이 마을 백성들을 보살피셨더라면, 당신 혼자서만 이처럼 크고 좋은 집에서 네로 황제처럼 살 수는 없었을 것입니다. 당신의 백성은 오막살이에서 가난에 시달리고 굶주림에 허덕이는데 말입니다."

쉐이크의 이마는 진땀이 나서 번들거렸고, 자만에 찼던 그의 미소가 분노로 변하면서 얼굴이 점점 일그러지기 시작했다. 그러면서도 칼릴의 말을 귀담아듣지 않은 것처럼 애써 태연해 보이려고 했다.

"너는 지옥에 떨어질 이단자야. 그래서 우리는 더 이상 너의 우스꽝스러운 이야기를 듣지 않겠어. 너는 지금 죄인으로 재판받느라고 법을 집행하는 내 앞에 서 있는 거야, 알겠나? 그러니 네가 지금이라도 네 잘못을 깨닫고 죄를 깊이 뉘우친다면 내 너를 너그러이 용서해서 수도원에서 그랬듯이, 우리 마을의 소치는 목동으로 써 주마."

칼릴이 또렷하게 말했다.

"어찌 죄인이 죄 없는 자를 재판할 수 있습니까? 누가 누구를 심판하고, 누가 누구한테 용서를 빌어야 하겠습니까?"

이렇게 묻고 나서 칼릴은 주위를 둘러보면서 쩡쩡 울리는 우렁찬 음성으로 외쳤다.

"나의 부모 형제 자매들이여! 여러분 조상의 무덤 위에 지은 이 대궐 같은 집에 앉아서, 여러분 앞에 이렇게 양팔이 묶인 채 서 있는 나를 심판하겠다는 저 사람이 어떤 사람이길래, 여러분이 여태껏 굴종만을 해오고 있는 것입니까?

누가 저 사람을 이 고장의 주인으로 삼고, 여러분의 주인으로 만든 것입니까? 이 땅의 주인은 바로 여러분 자신이고, 여러분의 주인도 역시 여러분 자신이란 것을 알고 계십니까?

쉐이크 옆에 앉아 있는 저 신부라는 사람을 좀 보십시오. 저 사람 역시 여러분의 피를 빨아먹는 기생충이 아닙니까? 누가 저 사람을 하느님의 사자라고 했습니까? 여기 있는 사람 중에 하느님의 자식이 아닌 사람이 누가 있습니까? 누가 저 사람 혼자서만 하느님의 이름을 마음대로 팔아먹게 한 것입니까? 저 사람한테 팔리기 위해 계시는 하느님이라면, 그것은 하느님이 아니고 저 사람이 만들어 낸 우상이 아니겠습니까?

오늘 밤 여러분은 이단자를 보러, 또 죄인이 심판받는 것을 구경하러 이곳에 모이셨습니다. 잘 보십시오. 누가 죄인이고 누가 이단자인지 잘 판단해 주십시오.

저한테 자비를 베풀어 주십사고 하는 말이 아닙니다. 자비롭지 말고 공정해 주십시오. 자비는 죄인에게 베풀어져야 하고, 정의는 죄 없는 자에게 소용되는 것이니까요.

옛부터 '백성의 뜻은 하늘의 뜻'이라 하지 않았습니까? 이제 여러분께서 배심원이 되어 주셔서 제 말을 잘 들어 주십시오. 그리고 나서 여러분의 양심이 시키는 대로 공정한 심판을 내려 주십시오.

여러분은 제가 이단자요, 죄인이란 말만 들었지, 제가 어떻게 이단적이고 제가 무슨 죄를 지었는가는 모르고 계시지요? 제 죄가 무엇인지 또 제가 어떻게 이단적이었는지 아무도 말해 주는 이가 없으니 제가 제 입으로 말하겠습니다.

제 죄는 여러분의 수난을 이해하고 동정한 데 있습니다. 여러분의 슬픔을 여러분과 같이 마음속 깊이 느낀 데 있습니다. 어떻게 그럴 수 있었냐구요? 저 역시 여러분 가운데 한 사람이기 때문입니다. 저의 조상들도 이 마을에서 살았고, 이제까지 여러분에게 씌워져 온 멍에와 똑같은 멍에를 메고 고생하다가 그 멍에를 멘 채 돌아갔습니다.

저는 신부나 수도사들을 믿지는 않아도, 수난당하는 우리의 영혼이 외치는 소리에 귀 기울여 주시는 하느님을 믿고, 우리들을 모두 부모 형제 자매로 만들어 주시는 예수님의 가르침을 믿습니다.

제가 수도원에서 소를 치면서 여러분의 비참한 생활 형편에 대해 차츰 알게 되었을 때 참을 수 없이 저를 안타깝게 한 것은, 여러분이 이리를 따라 이리의 굴 속으로 들어가는 한 떼의 어린양들 같아 보였다는 것입니다. 그래서 여러분을 도와 드리려고 길 한가운데로 나서서 도움을 청하는 소리를 지르자, 이리가 그의 날카로운 이빨로 저를 나꿔챘습니다.

여러분의 구슬픈 탄식소리로 수도원의 구석구석을 울리게 하고 메아리치게 한 탓으로 저는 매를 맞고 감옥에 들어가, 굶주림과 목마름의 참기 어려운 고통을 당했던 것입니다. 그래도 두렵지는 않았습니다. 제 몸은 다쳐도 저의 마음을 다치게 하지는 못할 것을 알고 있었기 때문입니다. 도리어 제 정신은 날로 강해졌습니다. 여러분의 신음소리가 제게 날로 새로운 힘을 불어넣어 주고, 용기를 갖게 해주었습니다.

여러분께서는 속으로 반문하시겠지요.

'우리가 언제 도움을 청하는 소리를 질렀으며, 우리들 중에 누가 감히 입이라도 뻥긋할 수 있었겠는가?' 라고요. 여러분에게 말씀드리거니와, 여러분의 영혼이 매일같이 부르짖고 밤마다 도움을 청하고 있지만, 여러분은 여러분 자신의 영혼이 울부짖는 소리를 듣지 못하십니다. 왜냐구요? 죽어가는 사람은 자기 자신의 심장이 팔딱거리는 소리조차 들을 수 없기 때문입니다. 하지만 임종을 지켜보는 사람은 심장의 이 마지막 고동 소리를 들을 수 있지 않습니까. 죽임을 당하는 새가 자기도 모르게 춤을 추듯 고통에 몸부림칩니다.

그러나 옆에서 지켜보는 사람은 그 새로 하여금 이 죽음의 단말마적 춤을 추게 한 것이 무엇이었는지를 잘 알 수 있습니다.

여러분은 하루 중에서 어느 시간을 가장 고통스럽게 느끼십니까? 잘 떠지지 않는 눈을 비비면서 일터로 나가야 하는 이른 새벽입니까? 나무 그늘에서 땀이라도 좀 닦으면서 일손을 쉬고 싶어도 그러지 못하고 땡볕에서 계속 일을 해야 하는 한낮입니까? 아니면 하루의 노동을 마친 후 허기진 배를 움켜쥐고 집으로 돌아가는 저녁입니까? 그도 아니면 피로에 지친 고단한 몸을 잠자리에 던지고, 차라리 다시는 깨지 않을 잠이라도 들었으면 하면서 눈을 감는 밤입니까?

여러분이 스스로를 비통해 하지 않는 때가 일 년 중에 어느 계절입니까? 자연은 새 옷을 갈아입고 봄을 맞는데, 여러분은 헌옷을 그대로 걸치고 있어야 하는 봄철입니까? 애써 농사지어 거둔 곡식으로 쉐이크의 곳간을 가득 채우지만, 여러분에게 돌아가는 것은 타작 찌꺼기밖에 없는 여름입니까? 아니면 갖가지 맛있는 열매들을 따다가 쉐이크에게 바치고 그의 술독들을 포도주로 넘치게 채워놓지만, 여러분의 고된 수고의 대가로는 초 한 병과 도토리 두어 말밖에 받지 못하는 가을입니까? 그도 아니라면 눈에 묻힌 오막살이집 안에 갇혀서 추위와 굶주림에 떠는 겨울입니까?

이것이 가난에 쪼들리고 압제에 시달리는 여러분의 생활이 아니고 무엇이겠습니까? 여러분이 아무리 피땀 흘려 일해도 수고한 보람 없이 모든 수확이 쉐이크와 수도원의 곳간으로 들어가고, 여러분한테 돌아오는 것이 무엇입니까?

저는 저 키자야 수도원의 신부와 수도사들에게 여러분의 조상으로부터 속임수로 빼앗은 농토와 과수원을 다 여러분에게 되돌려 주라고 했다가 매를 맞고 쫓겨난 것입니다. 여러분이 소처럼 부림을 당하며 뼈가 휘도록 일을 하는 이 땅도, 사실은 쉐이크가 그의 칼날로 쓰여지는 법률에 의해 여러분의 선조로부터 빼앗아 간 것임을 알고 계십니까?

종교와 법률이 모두 누구를 위해 누가 만들어놓은 것인지 아십니까? 여러분 가운데서 저 강도 같은 쉐이크에게 겁먹지 않고, 저 사기꾼 같은 신부한테 속지 않고 살아온 사람이 누가 있습니까?

'이마에 땀을 흘리고서 너의 빵을 먹을지라.' 고 성서에는 씌어 있습니다. 그런데 보십시오. 저 쉐이크는 일도 하지 않으면서 여러분이 수고한 노동의 화덕에서 구워진 빵을 먹고, 여러분의 눈물로 빚어진 포도주를 마십니다.

'너희들도 거저 받았으니 너희들도 거저 줄지어다……. 금도 은도 구리도 소유하지 말라.'고 예수님께서는 말씀하셨습니다. 그런데 예수의 사도들이라고 자칭하는 신부들과 수도사들은 누구의 가르침에 따라 저들의 기도를 금과 은 조각을 위해 팔아먹습니까?

'오늘날 우리에게 일용할 양식을 주옵시고'라고 예수님께서 가르쳐 주신 주기도문을 여러분은 매일 밤 잠자리에 들기 전에 이우시지요? 여러분의 기도대로 하느님께서는 여러분이 일용할 양식을 넉넉히 얻으라고 기름진 땅을 여러분에게 주셨는데, 저 쉐이크와 신부는 무슨 권리로 여러분의 땅과 양식을 빼앗아 가는 것입니까?

여러분은 은 몇 냥에 스승을 팔았다고 가롯 유다를 저주하면서, 예수를 매일같이 파는 신부를 어떻게 축복할 수 있습니까? 가롯 유다는 자기 잘못을 크게 뉘우친 끝에 자기 목을 스스로 나무에 매달아 죽었지만, 이 뻔뻔스러운 신부들은 가슴에다 번쩍이는 십자가를 매달고 비단 성의를 걸친 채 자랑스럽게 걸어 다니고 있습니다.

여러분은 어떻게 여러분의 자식들에게 예수의 가르침만을 따르라고 이르면서, 동시에 예수의 가르침을 어기는 자들한테도 복종하라고 할 수 있습니까?

예수의 제자들은 여러분의 정신과 영혼을 살리기 위해 그들의 육신을 죽였습니다. 돌에 맞아 죽기도 하고, 불에 타 죽기까지 했습니다. 그런데 이곳의 수도사들과 신부들은 여러분을 착취해서 자기네 육신의 영화를 누리기 위해, 여러분의 정신과 영혼을 죽이고 있습니다.

누가 이토록 여러분의 기를 죽여 놓고 굴종의 삶을 살게 한 것입니까? 누가 여러분으로 하여금 여러분 조상들 유골 위에 세워진 우상 앞에 무릎을 꿇게 한 것입니까?

여러분은 여러분 자손에게 무엇을 유산으로 물려 줄 것입니까? 여러분의 영혼은 신부의 손아귀 속에 들어 있고, 여러분의 육신은 쉐이크의 입 속에 들어 있는 셈입니다.

이 세상에서 여러분이 손가락으로 가리키면서 '이것이 내 것이다.'라고 할 수 있는 것이 무엇입니까?

저의 부모 형제 자매 여러분! 여러분이 우러러보는 저 신부님을 잘 아십니까! 성서를 여러분의 돈을 갈취하는 도구로 이용하고 악용하는 기독교에 대한 배반자요, 허리에 십자가를 찼으나 칼 대신 그 십자가로 여러분의 힘줄을 끊는 양의 탈을 쓴 이리요, 제사보다는 젯상에 마음을 쏟고 황금이라면 탐욕을 부리는 돈독이 누렇게 오른 구더기요, 불쌍한 과부와 고아를 이용해 먹는 도둑 중에서도 가장 가증스러운 도둑이요, 사기꾼 중에서도 가장 가증스러운 사기꾼인 것을 알고 계셨습니까?

똑똑히 보십시오. 독수리의 부리와, 호랑이의 발톱과, 이리의 이빨과, 독사의 가죽을 쓴 괴물이 아닙니까?

그에게서 들고 있는 성경책을 뺏고, 입고 있는 신부 옷을 찢고, 점잖게 나 있는 수염을 뽑고, 아무 짓이라도 해보십시오. 그러고서 그의 손에 금 한 냥만 쥐어 주면 그는 대번에 흐뭇하게 미소 지으면서, 여러분을 축복하는 기도를 해줄 것입니다.

돼지처럼 살찐 그의 뺨을 때리고, 기름기 많은 그의 얼굴에 침을 뱉고, 통나무 같은 그의 목을 발로 밟아 졸라보십시오. 그러고는 잘 차린 잔칫상에 초대를 해보십시오. 그는 즉시 모든 것을 다 잊어버리고, 허리띠를 풀어가며 뚱뚱한 배를 즐겁게 채울 것입니다.

그를 저주하고 조롱해 보십시오. 그러고 나서 그에게 포도주 한 병이나 과일 한 바구니를 선물로 보내보십시오. 그는 당장에 여러분의 죄를 용서해 주시라고 하느님께 큰 소리로 기도할 것입니다.

그는 여인을 보고는 얼굴을 돌리면서 남들이 들을 수 있도록 크게 외칩니다. '오, 바빌론의 딸이여, 내게서 멀어지라.' 그러고선 속으로 무어라고 혼자 중얼거리는지 아십니까? '탐내는 것보다 결혼하는 것이 낫지.' 라고 말하고, 결혼한 사람들을 보고는 하늘을 쳐다보면서 주위 사람들에게 말합니다. '부질없고 헛된 것이로다. 이 세상의 모든 것이 다 부질없고 헛된 것이로다.' 그리고는 혼자 외롭게 있을 때는 무어라고 말하는지 아십니까? '인생의 가장 큰 기쁨과 즐거움을 맛볼 수 없도록 신부가 결혼하는 것을 금지한 법칙과 관습이 하루빨리 없어져라.' 고 한답니다.

그는 여러분에게 '남에게서 판단을 받지 않으려거든 스스로도 남을 판단하지 말라.' 고 설교를 합니다. 그러나 자기는 자기 비위에 맞지 않는 사람을 모조리 다 판단하고, 죽기도 전에 사람들을 지옥으로 보내려 합니다. 그는 머리는 위로 들고 얼굴은 하늘로 향하고 설교를 하지만, 그의 생각은 뱀처럼 땅을 기면서 여러분의 주머니를 뒤진답니다. '내 사랑하는 믿음의 자식들이여!' 라고 여러분을 부르지만, 그의 맘속엔 어버이의 마음이라고는 털끝만큼도 없답니다. 어린아이를 보고 순수한 미소를 지을 때도 없고, 마음에서 우러나 젖먹이를 안아 줄 때도 없지요.

툭하면 그는 고개를 설레설레 저으면서 여러분에게 '인생은 덧없고 뜬구름과 같도다. 이 세상의 부귀공명이 다 허영이로다. 우리 모두 인생을 달관하고 이 세상의 세속적인 모든 것으로부터 초연합시다.' 라고 말합니다.

그러나 만일 여러분이 그의 생활을 잘 관찰해 보신다면, 그는 어제가 벌써 지나가 버린 것을 애통해 하고, 오늘이 빨리 가는 것을 안타까워하며, 내일이 오는 것을 두려워한다는 것을, 그리고 얼마나 그가 이 세상 모든 것에 연연해 하는지를 발견하게 될 것입니다.

가진 것이 많은 자기는 지독하게 인색하면서, 가진 것이 별로 없는 여러분에게는 자선을 베풀라고 합니다. 여러분이 배를 주리고 헐벗으면서도 그의 요구대로 돈과 양식을 바치면, 공개적으로 여러분을 축복해 줍니다. 그러나 만일 그의 요청을 거절하면, 그는 속으로 은밀하게 여러분을 저주한답니다.

성당에서 설교할 때에는 여러분에게 어려운 사람을 도와 주라고 핏대를 세우고 열을 올리지만, 그는 자기 집에 찾아온 거지가 먹을 것을 좀 달라고 아무리 애걸해도 못 들은 체, 못 본 체한답니다.

저 사람의 직업이 무엇인지 여러분 아십니까? 다름 아닌 기도 장사꾼이랍니다. 그것도 기도를 억지로 팔아먹는 장사치 중에서도 악질 장사치랍니다. 그의 기도를 사지 않는 사람은 모두 다 천당으로부터 파문당하고 지옥으로 갈 수밖에 없는 비신도로 낙인이 찍히고 맙니다.

이것이 지금까지 여러분이 어려워하면서 공경해 온 신부님의 정체입니다. 이것이 바로 여러분의 피를 빨아먹는 방법을 배우고 있는 수도사들의 정체입니다. 이것이 오른손으로는 십자가를 그으면서 왼손으로는 여러분의 목을 조르는 성직자들입니다. 이것이 바로 말로는 하느님과 백성의 종이라고 하면서, 실제로는 우상과 백성의 주인 노릇을 하는 이 나라와 이 교회의 관리입니다. 이 것이 여러분이 이 세상에 태어나면서부터 죽는 날까지 여러분의 숨과 기를 죽이는 그물이요, 여러분의 삶을 어둡게 하는 그늘입니다. 이것이 바로 우리 모든 사람을 친부모 형제 자매처럼 사랑해주신 나사렛 사람 예수를 십자가에 못 박아 죽인 자들이요, 그들에게 내 정신이 반항했다고 오늘 밤 나를 이 자리에 끌어다 놓고, 여러분 앞에서 나를 심판하겠다는 저 사람들의 정체입니다."

칼릴은 자기 말에 마을 사람들의 마음이 움직이고 있는 것을 느끼면서, 더욱 힘찬 목소리로 말을 계속했다.

"친애하는 내 동족 내 동포 여러분! 족장인 쉐이크는 총독인 에미르가 임명하고, 에미르는 압제자인 설탄 황제가 임명하는 것을 잘 알고 계시지요?

한 가지 여러분께 묻겠습니다. 설탄은 누가 임명하는 것입니까? 설탄을 이 나라의 신으로 임명하는 하느님의 어떤 권능이라도 보신 분이 여러분 가운데 있습니까?

우리는 하느님을 볼 수도 없고, 말씀하시는 것을 들을 수도 없습니다. 그러나 그분이 우리 마음속 깊은 데 머무르시는 것을 느낄 수는 있지 않습니까?

그래서 여러분이 매일같이 '하늘에 계신 우리 아버지시여!' 라고 주기도문을 외우는 게 아니겠습니까? 그런데 우리를 사랑하시고, 예언자를 통해 우리들에게 올바른 길을 보여 주시는 우리의 하느님 아버지께서, 우리가 압박받으면서 비참하게 사는 것을 원하신다고 생각할 수 있습니까?

만일 우리가 믿는 하느님이 정말 계시다면, 또 하느님이 우리가 믿는 그런 분이라면, 하늘로부터 비를 내려 주시고 땅속에 숨은 씨앗으로부터 곡식이 돋아나게 해주시는 하느님이라면, 그런 하느님께서 단지 몇 사람만이 하느님의 은총을 독차지하도록, 우리 모두가 헐벗고 굶주리는 것을 원하신다고 생각할 수 있습니까?

진정한 어버이의 사랑과, 부부의 애정과 어린아이의 천진난만한 힘과 이웃의 친절함의 근원이 되시는 하느님께서, 우리가 평생을 두고 독재자의 폭정에 노예처럼 굴종하면서 산송장같이 살 것을 원하신다고 생각할 수 있습니까?

인생을 자유롭고 아름답게 해주시는 하느님의 섭리가, 우리를 숨통이 막히는 어두운 땅속으로 집어넣고, 우리의 정신을 죽여가면서, 우리를 불행하게 만드는 독재자를 그대로 오래 내버려두리라고 믿을 수 있습니까?

우리는 도저히 그렇게 생각하고 그렇게 믿을 수가 없습니다. 만일 그렇게 생각하고 그렇게 믿는다면, 이 지상의 모든 국민들에게 비추는 진리의 빛과, 만인을 평등하게 해주시는 하느님의 정의를 부인하는 것이 되고, 우리에게 희망이라고는 없게 되는 것입니다.

그러나 하느님께서 우리를 이 땅에 자유롭게 창조해 주신 것을 굳게 믿어 의심치 않는다면, 어찌 우리가 우리의 자유를 구속하고 우리를 노예로 만드는 자에게 복종만을 할 수가 있겠습니까?

우리가 어떻게 하늘을 향해 하느님을 아버지라고 부르고, 돌아서서는 한 사람에게 머리를 조아려 '두령님'이라고 할 수 있단 말입니까?

성서에도 '두 주인을 섬길 수 없다.' 하지 않았습니까? 어떻게 우리가 하느님과 우상을 같이 섬길 수 있으며, 만일 섬긴다고 한다면 어떻게 우리가 우리 자신에게 충실한 것이 되겠습니까? 어떻게 우리가 전지전능하신 하느님의 자식으로서 사람의 노예가 될 수 있겠습니까? 이러고서도 우리가 만족과 행복을 찾는다고 할 수 있겠습니까?

예수께서 일찍이 우리를 정신과 진리로 자유롭게 해주시지 않았습니까? 그런데 어떻게 우리가 쉐이크와 에미르 그리고 설탄의 종이 되고 부정 부패의 노예가 될 수 있겠습니까?

예수께서는 우리를 하늘까지 높여 주시지 않았습니까? 그런데 어째서 우리는 땅속으로 숨을 죽이면서 기어 들어가야만 합니까? 예수께서 우리의 마음을 밝혀 주시지 않았습니까? 그런데 왜 우리는 우리의 정신을 어둠 속에 숨겨야만 합니까?

하느님께서 숨겨져 있는 인생의 보배를 찾으라고 우리의 마음속에 지식과 아름다움을 기름 삼아 타오르는 횃불을 주셨거늘, 어찌 우리가 이 거룩한 횃불을 우리 스스로 꺼서 잿더미 속에 파묻는 죄를 지을 수 있겠습니까?

하느님께서 우리가 저 넓고 높은 사랑과 자유의 하늘 아래서 날도록 정신과 영혼이라는 날개를 주셨거늘, 어찌 우리 스스로 우리의 날개를 떼어버리고 벌레처럼 땅을 기는 수모를 자초한단 말입니까? 이 얼마나 우리 자신한테 못할 짓이고 또 못난 짓입니까?"

쉐이크 압바스는 사람들이 칼릴의 말에 온 정신을 쏟고 있는 것을 보자, 와락 겁이 났다. 그래서 칼릴의 말을 막으려고 해보았으나, 기세를 높인 칼릴이 더욱 힘주어 말을 계속했다.

"하느님께서는 우리 마음속에 행복의 씨앗을 심어 주셨습니다. 그런데 우리가 이 씨앗을 파내서 돌 자갈밭에 던져버려 바람이 흐트러뜨리고 새들이 쪼아먹게 한다면, 이 얼마나 어처구니없는 짓입니까?

하느님께서는 우리에게 번성하라고 귀여운 자식까지 낳게 해주셨습니다. 그런데 이 귀여운 우리 자식들에게 진리를 가르치고 이들의 깨끗하고 빈 마음을 이 세상에서 가장 아름답고 귀중한 것들로 채워 주어야 할 우리가, 이들에게 인생의 기쁨과 풍부함을 물려 주지 못하고, 가난과 구속에 얽매인 불행을 유산으로 남겨 주어야 옳겠습니까? 제 자식을 노예로 만드는 부모는 빵을 달라고 우는 자식에게 돌멩이를 주는 격이 아닙니까?

자, 하늘을 나는 새들을 여러분은 보셨습니까? 제 새끼들한테 무엇보다도 먼저 나는 법을 가르쳐 주고 훈련시키는 것을 보셨을 것입니다. 그런데 어찌 우리가 새만도 못하게 우리 자식들에게 노예의 멍에를 지고 노예의 사슬을 끄는 법을 가르쳐 줄 수 있겠습니까?

저 산골짜기에 피는 꽃들이 자기네 씨앗을 햇볕 쬐는 밝고 따뜻한 양지에 묻어두는 것을 보셨습니까? 그런데 어찌 우리가 풀꽃만도 못하게 우리의 자식들을 춥고 어두운 음지에 내버려둘 수 있습니까?"

잠시 침묵이 흘렀고, 칼릴의 정신과 영혼이 울분으로 폭발할 것 같이 보였다. 그러나 그와는 반대로 차분히 가라앉은 음성으로 칼릴은 하던 말을 끝맺었다.

"오늘밤 여러분에게 드린 말씀은 제가 키자야 수도원에서 쫓겨나기 전에 수도사들에게 한 말과 같은 내용의 것입니다. 오늘밤 여러분의 지도자요, 스승이요, 주인이라고 하는 쉐이크와 신부에게 죽임을 당하더라도, 저는 기쁘고 행복하게 숨을 거두겠습니다. 진짜 죄인과 악인이 죄악이라고 부르는 참된 진리를 여러분에게 드러내 밝혀드리는 저의 사명을 완수했기 때문입니다."

칼릴의 음성에는 청중을 사로잡는 마력이라도 있는 것 같았다. 여인들은 감동된 나머지 눈물까지 흘리고 있었다.

한편 몹시 당황하고 분노에 찬 쉐이크 압바스와 신부 엘리아스는 이를 갈면서 부들부들 몸을 떨었다.

말을 끝마친 칼릴은 레이첼과 미리암에게로 몇 발짝 걸어가서 멈춰 섰다.

숨소리조차 들리지 않을 만큼 장내가 조용해졌다. 마치 칼릴의 정신이 청중들의 머리 위로 날고 있는 것 같았고, 그의 의기가 사람들의 마음속에, 전에 느껴보지 못하던 새로운 신념과 용기를 불어넣어 주는 것 같았다.

그래서인지 분노와 죄의식에 뒤범벅되어 가시방석에라도 앉아 있는 것처럼 안절부절못하는 쉐이크 압바스나 신부 엘리아스가 두렵기는커녕 그들의 존재조차도 이제는 더 이상 문제가 되지 않는 것 같았다.

이때 갑자기 쉐이크 압바스가 자리에서 벌떡 일어섰다. 그는 창백해진 얼굴로 자기 주위에 서 있는 종들을 둘러보면서, 악을 쓰듯 소리를 질렀다.

"너희들은 어떻게 된 거냐? 이 개새끼들아! 혼들이 빠지기라도 한 거냐? 이 지지리 못난 놈들아! 저 무엄한 죄인, 이단자 놈에게 당장 달려들어 저놈을 갈갈이 찢어 죽이지 못해! 저놈이 도대체 너희들을 어떻게 만들어놓은 거냐?

이 똥덩어리 같은 놈들아!"

이렇게 욕지거리를 하고 나서, 쉐이크는 허리에 차고 있던 칼을 뽑아 들고 칼릴에게 덤벼들었다. 그 순간 한가운데 섰던 마을 사람이 몸을 날리듯 날쌔게 앞으로 나와 쉐이크 손목을 꽉 잡고 말했다.

"손에서 칼을 놓으십시오. 남을 죽이려고 칼을 뽑는 자는 바로 그 칼에 자기가 죽게 된다는 것을 모르십니까?"

쉐이크는 몸을 떨었고, 그의 손에서 칼이 맥없이 땅에 떨어졌다. 쉐이크는 큰 기침을 한 번 하고 난 다음, 그 사나이를 꾸짖었다.

"네 이놈, 못난 종놈이 제 주인과 은인에게 반항하는 거냐?"

그러자 이 사나이가 대답했다.

"예, 충성스러운 종놈일수록 자기 주인이 죄를 짓지 못하도록 말려얍죠. 이 젊은이가 한 말이 모두 사실인 데야 더욱 그렇습죠."

청중 가운데 한 사람이 앞으로 나와서 말했다.

"이 젊은이는 벌은커녕 상을 받아야 마땅합니다."

이어서 한 여인이 소리 높여 물었다.

"저 젊은이는 하느님을 욕하거나 성자들을 저주하지도 않았는데, 어째서 이단자라고 하시죠?"

"이 젊은이에게 무슨 죄가 있는지 말해 보세요."

이번에는 레이첼이 대들자 쉐이크가 소리쳤다.

"네 이년, 형편없는 과부야! 너도 네 남편 꼴을 당하고 싶어 그러느냐? 나한테 반항하면 어떻게 되는지 잘 알지?"

이 말을 듣자, 레이첼은 분에 못 이겨 어찌할 바를 몰랐다. 이제서야 자기 남편을 죽인 살인자를 똑똑히 찾아 냈기 때문이다. 복받치는 눈물을 꿀꺽 삼키고 난 레이첼은 주위를 둘러보면서 소리쳤다.

"여기 바로 내 남편을 죽인 살인범이 있어요! 제 입으로 제 죄를 자백하는 것을 방금 들으셨죠? 지금껏 자기 죄를 숨겨온 살인자가 다른 사람 아닌 바로 쉐이크였군요. 저 쉐이크의 얼굴 좀 보세요. 저 벌벌 떠는 꼴 좀 보세요. 나를 과부로 만들고, 내 어린것을 애비 없는 자식으로 만든 저 흉악한 살인범을 우리가 지금껏 우리의 윗사람으로 받들어 왔군요."

레이첼의 말이 벼락처럼 쉐이크의 머리를 때렸다. 분개한 사람들의 웅성거림이 불붙은 장작개비들처럼 쉐이크의 눈앞에 떨어졌다.

이때 신부 엘리아스가 소리쳤다.

"쉐이크 압바스 나리를 고발한 저 여인을 지금 당장 저 젊은 놈과 함께 감방에 집어넣어라. 누구든지 저들을 방해하면 죄인이 될 것이고, 저 젊은 놈처럼 하느님의 거룩한 교회로부터 이단자로 파문당할 것이니라."

그러나 누구 하나 꼼짝 하지 않고 군중들은 아직도 밧줄에 묶인 채로 레이첼과 미리암 사이에 서 있는 칼릴을 바라보았다.

칼릴은 마치 이 두 모녀를 한 쌍의 날개로 삼아 더없이 넓은 자유의 하늘로 날아오를 준비라도 하고 있는 것처럼 보였다.

분노에 턱수염을 떨며, 신부 엘리아스가 신경질적으로 말했다.

"하느님을 믿지 않는 죄인과 창피한 줄도 모르는 간음한 여인을 편들기 위해 쉐이크 나리도 몰라보다니!"

그러자 쉐이크의 종들 중에서 제일 나이 많은 자가 대답했다.

"우리는 입에 풀칠하느라고 오랜 세월을 두고 나으리를 하느님처럼 섬겨왔습니다만, 이제는 달라요."

이렇게 말하면서 입고 있던 외투와 둘둘 감고 있던 머릿수건을 쉐이크 앞에 벗어 던지자, 다른 종들도 다 하나같이 따라했다. 즉, 복종의 표시인 머릿수건을 벗어 던진 것이다.

압박과 설움에서 해방된 무리들의 얼굴에는 전에 볼 수 없던 자유의 빛과 생기가 떠올랐다.

자기 말의 권위가 더 이상 서지 않는 것을 본 신부 엘리아스가 칼릴이 이 마을에 발을 들여놓은 시간을 저주하면서 자리를 뜨자, 군중 가운데 한 사람이 걸어 나와 묶여 있는 칼릴의 두 팔을 풀어 주고 나서, 시체처럼 의자에 푹 고꾸라져 있는 쉐이크 압바스에게 당당하게 말했다.

"죄인으로 당신한테 재판받기 위해 여기에 끌려온 이 젊은이가 우리를 깨우쳐 주었고, 당신이 과부로 만든 여인 레이첼이 당신의 죄상을 우리 눈앞에 드러내 보여 준 거요. 당신도 이제는 하늘 무서운 줄 아시겠소?"

잇따라 여기저기서 한마디씩 하는 소리가 들렸다.

"의롭고 용감한 이 젊은이를 따라 레이첼의 집으로 가서 그의 지혜로운 말을 더 좀 들어보십시다."

"우리의 딱한 사정을 잘 알고 있는 저 젊은이와 우리의 앞길을 의논해 봅시다."

"에미르에게 가서 압바스의 죄상을 고발하고, 압바스 대신에 이 훌륭한 젊은이를 우리 마을의 쉐이크로 임명해 달라고 진정합시다. 그리고 신부 엘리아스가 공범이었던 사실도 주교에게 알립시다."

이 여러 소리가 화살처럼 쉐이크의 가슴에 꽂히고 있는데, 칼릴이 두 손을 번쩍 쳐들어 군중들을 진정시키면서 말했다.

"제 말씀 좀 들어 주십시오. 에미르나 주교에게 가보셔야 소용

없는 일입니다. 그들이 다 한통속인 줄 아셔야 합니다. 저를 이 마을의 쉐이크로 임명해 달라고는 하지 마십시오. 저는 악한 주인을 돕는 종이 되고 싶지 않습니다. 제가 바라고 원하는 것은 두 팔 걷어붙이고 여러분과 함께 일하면서 사는 것입니다. 이제 쉐이크 압바스가 홀로 남아서 스스로 자기 양심의 심판을 받게 내버려두고 댁으로들 돌아가십시오."

이렇게 말을 하고 칼릴이 자리를 뜨자, 군중들도 그의 뒤를 따라 나섰다. 모두가 다 떠나가고, 무섭도록 고요한 폐허 속에 무너져 있는 탑처럼 쉐이크 혼자만 남았다.

군중들이 마을 성당 뜰에 이르렀을 때 마침 둥근 달이 구름 밖으로 얼굴을 내밀고 은빛 광선을 내리붓고 있었다. 어진 목동이 양떼를 지켜보듯 군중을 바라보는 칼릴의 마음속에, 압정에 신음하는 백성을 상징하는 이들에 대해 말할 수 없는 동정의 여울이 일고 있었다.

마치 동방의 모든 나라들이 텅 빈 머리와 무거운 마음으로 노예의 사슬을 질질 끌면서 불행의 골짜기를 걷고 있는 것을 본 예언자처럼, 한참을 말없이 서 있던 칼릴이 두 손을 높이 들어 하늘을 향하고서, 성난 파도가 울부짖듯 하늘에 호소했다.

오, 자유의 신이여!
우리를 굽어 살피시고
자비를 베풀어 주시옵소서.
깊은 골짜기에서 그대를 부르나이다.
우리 조상의 피 묻은 옷을 몸에 걸치고,
우리 조상의 뼈가 묻힌
무덤의 먼지를 머리에 뒤집어쓰고,
우리 조상의 목을 베던 칼을 허리에 차고,
우리 조상의 가슴을 찌르던 창을 손에 들고,
우리 조상의 발목을 묶던 사슬을 끌면서,
우리 조상의 피를 토하게 하던 비명소리를 지르면서,
우리 조상이 부르던 구슬픈 패배의 노래를 되풀이하면서,
우리 조상이 드리던 넋두리 기도를 되뇌이면서,
우리가 지금 그대의 옥좌 앞에 서 있나이다.

오, 자유의 신이여!
우리의 호소에 귀 기울여 주소서.
나일 강에서 유프라테스 강에 이르기까지
신음하는 영혼들이 울부짖는 소리가
깊은 나락으로부터 울려나오고

동쪽 끝에서 서쪽 끝에 이르기까지
죽음 앞에 떠는 영혼들이
그대에게 손을 뻗치고 있나이다.
바닷가에서 사막 끝에 이르기까지
방황하는 영혼들이
그대를 우러러 그리고 있나이다.

오, 자유의 신이여!
우리를 버리지 마시고 구하여 주소서.
가난에 찌들은 오막살이에서
무지에 얽매인 백성들이
그대 오실 날만을 기다리고,
압제와 독재의 먹구름이
무겁게 내리 앉은 배움의 터전에서
절망에 찬 젊은이들이
그대를 부르고 있나이다.
성당과 사원에서 버림받고 있는
그대의 성서와 성전이
그대를 찾아 통곡하고
법정과 궁전에서 무시당하고 있는

그대의 법률과 법칙이
그대를 향해 호소하고 있나이다.

좁은 우리의 거리에서는
착취와 약탈을 일삼아온
서양의 해적들에게
우리의 간과 쓸개까지 빼서
공물로 바치느라고
귀중한 우리의 세월을
헐값에 팔아먹는 자는 있어도
우리의 어리석음을 깨닫게 해주는 이 없나이다.

메마른 우리의 들에서는
우리의 뼈로 땅을 갈고
우리의 마음으로 씨를 뿌리고
우리의 눈물로 키워도
우리가 거두는 것은
가시덤불밖에 없고,
버려진 우리의 벌판에서
헐벗고 굶주린 우리가

갈 길을 알지 못하고
맨발로 헤매어도
우리에게 참된 길을 가르쳐 주는 이 없나이다.

오, 자유의 신이여!
침묵을 그만 지키시고
말씀 좀 해주옵소서.
우리를 가르쳐 주시고
우리를 깨우쳐 주옵소서.

우리의 어린양들이
풀 없는 풀밭에서
흙을 핥고,
우리의 송아지들이
벌거숭이산에 몇 그루 남지 않은
나무뿌리를 갉아먹고,
독버섯을 뜯어먹는
우리의 망아지들이
미쳐 날뛰고 있나이다.

오, 자유의 신이여!
어서 오셔서
우리를 도와 주소서.
우리는 오래도록 당신의 빛을 보지 못한 채
깜깜한 어둠 속에서 살아오고 있나이다.
죄수처럼 한 감옥에서 또 다른 감옥으로 옮겨가면서
길고도 긴 밤의 행렬을 짓고 있을 뿐입니다.
언제나 우리에게 동트는 새벽이 오겠나이까?
수많은 돌을 우리 등에 져왔고
수많은 멍에를 우리 목에 메어왔나이다.
언제까지 우리는 이 모든 인간의 횡포를
참고 견뎌야만 하나이까?

고대 이집트의 노예제도로부터
바빌로니아에서의 잡혀 갇힘과,
페르시아의 학정,
그리스에서의 용역,
로마 제국의 폭정,
유럽 여러 나라의 식민지 정책,
이 모든 것을 우리는 참고 견디어왔나이다.

우리는 지금 어디로 가고 있으며,
우리의 고달프고 험한 여정은 언제나 끝나겠나이까?
파라오 왕에서 시작해서
네브커드네저 왕과
알렉산더 대왕과
헤롯 황제에 이르기까지,
이들의 손아귀에서
언제나 우리가 벗어나겠나이까?
이들에게서 해방되는 길은
죽음밖에 없겠나이까?

언제까지나 우리는
성전의 돌기둥을 세우고
성벽을 쌓고
피라미드를 짓기 위해
우리의 허리뼈를 부러지게 해야 하며,
궁전을 짓기 위해
오막살이에 살아야 하며,
부자들의 곳간을 좋은 곡식으로 채우기 위해
마른 쭉정이 찌꺼기로 목숨을 이어가야 하며,

상전들이 입을 비단과 털옷을 짜기 위해
누더기를 걸치고 있어야 하나이까?

포악한 저들의 간악한 계교 때문에,
무지하고 미련한 우리는
우리 내부로 우리끼리 분열이 되어 있나이다.
자기네 왕좌를 영원무궁토록 보존하기 위해
아랍 사람들과 드루즈파 사람들을 무장시켰고,
수니파를 침공하도록 시아파를 선동했고,
쿠르드 사람들을 부추겨서 베두인 사람들을 학살케 하고,
기독교인과 싸우도록 회교도를 응원했나이다.
언제까지나 우리 인간은 같은 어머니의 품안에서
형제끼리 죽이기를 계속해야만 하나이까?
언제까지나 같은 하느님 앞에서
기독교 십자가와 회교의 초승달이
서로 등지고 있어야만 하나이까?

오, 자유의 신이여!
우리 중에 어느 한 사람에게만이라도
말씀 좀 해주옵소서.

큰 불도 하나의 작은 불꽃에서 시작되지 않나이까?
오, 자유의 신이여!
그대의 날개 스침으로
단 하나의 마음과
단 하나의 정신만이라도
일깨워 주옵소서.
한 조각의 구름 속에서
저 깊은 산골짜기와
저 높은 산꼭대기를
다 같이 밝게 비춰 주는
번개가 있지 않나이까?

오, 자유의 신이여!
그대의 권능으로
우리 머리 위를 뒤덮고 있는
시커먼 먹구름을 흩뜨리고
벼락치듯 내려오셔서
우리 조상의 뼈와 해골들 위에 세워진 옥좌들을
모조리 파괴해 주옵소서.

오, 자유의 신이여!
우리의 절규에 귀 기울여 주옵소서.

오, 아테네의 딸이여!
우리에게 긍휼과 자비를 베풀어 주옵소서.

오, 로마의 누이여!
우리를 구원해 주옵소서.

오, 모세의 동료여!
우리에게 충고해 주옵소서.

오, 마호메트 애인이여!
우리를 도와 주옵소서.

오, 예수의 신부여
우리를 가르쳐 주옵소서.
우리를 강하게 하셔서
우리의 적을 멸하게 해주시든가, 아니면
우리의 적을 더욱 강하게 하셔서

우리를 영원히 멸하게 하옵소서,

이렇게 화산이 폭발하듯 쌓이고 쌓인 울분을 하늘을 향해 내뿜고 있는 칼릴을 바라보면서, 마을 사람들은 모두가 다 한마음 한뜻이 되었다.

하늘로부터 군중에게로 눈길을 돌린 칼릴이 조용히 말했다.
"깜깜한 밤이 지나면 햇빛 찬란한 아침이 찾아오지 않습니까? 마찬가지로 절망의 밤이 깊어갈수록 희망의 새벽이 가까워 올 것입니다. 자, 이제 모두들 댁으로 돌아가셔서 주무시고, 내일을 맞을 준비를 하십시다."
이렇게 말을 하고 난 칼릴이 레이첼과 미리암을 따라서 그들의 집으로 향하자 군중들도 다들 흩어져서 각기 집으로 돌아갔다.
이들은 마음속이 후련하고 정신이 맑아진 것을 느꼈다. 모두가 다 새 사람이 되어 새 세상을 맞게 된 것 같았다.
이윽고 집집마다 등불이 꺼지고, 고요가 온 마을을 집어삼킨 듯 싶었다. 모두들 꿈나라로 깊이 들어갔으나, 쉐이크 압바스만은 어두운 밤의 유령들과 자기가 지은 죄악의 망령들이 줄을 지어 난무하는 것을 보면서 한잠도 자지를 못했다.

08

두 달이란 세월이 흘렀다. 칼릴은 아직도 마을 사람들의 무지를 깨고 그들을 깨우쳐 계몽하기에 바빴다. 칼릴의 지혜로운 말들은 메말랐던 땅에 내리는 단비처럼 사람들의 마음과 영혼을 적셔 주었고, 다 죽어 있던 그들의 정신과 기상을 되살려 주었다.

신부 엘리아스는 땅에 떨어진 자기의 권위와 신망을 되찾아보려고 갖은 아양을 다 떨면서 마을 사람들의 비위를 맞추려 들었으나, 아무도 거들떠보질 않았다.

우리 안에 갇힌 병든 호랑이처럼 쉐이크 압바스는 그의 휑하니 큰 집 안을 서성거리면서 고래고래 고함을 질러도, 대리석 벽에 부딪쳐서 메아리쳐 오는 소리 외에는 아무도 대답하는 이가 없었고, 고통에 몸부림쳐도 이 마을 농부들 못지않게 갖은 설움과 구박만 받고 살아온 그의 조강지처 외에는 아무도 찾아 주는 이가 없었다.

사순절이 되고 봄빛이 짙어지자, 쉐이크 압바스의 세상도 겨울과 함께 사라졌다. 단말마의 고통에 오래 신음하던 끝에 쉐이크 압바스는 죽고 말았다.

모르긴 해도, 그의 영혼은 우리가 눈으로 볼 수는 없으나 마음으로 느낄 수는 있을 하느님의 심판대에 벌거숭이로 서기 위해, 그가 이 세상에서 지은 죄를 몽땅 담은 들것에 실려 갔으리라.

쉐이크 압바스가 어떻게 죽었는가에 대해 여러 가지 이야기가 들렸다. 홧병에 미쳐 죽었다고도 하고, 낙담과 절망 끝에 자기 목숨을 스스로 끊었다고도 했다.

그러나 그의 부인에게 문상을 갔던 아낙네들 이야기로는, 레이첼의 죽은 남편 사만 레이미의 망령이 밤마다 나타나서, 그만 겁에 질려 죽었다고 했다.

꽃이 만발하고 초목이 무성해지는 6월이 되자, 그동안 은밀히 싹터 자라온 칼릴과 미리암 사이의 사랑이 온 마을에 알려졌다. 칼릴이 이 마을에 계속 있어 줄 것을 확인해 준 이 좋은 소식에 온 마을 사람들이 모두 기뻐했다. 이 기쁜 소식이 전해지자 그들은 칼릴이 자기네의 다정한 이웃이 되는 것에 다같이 축배를 들었다.

추수 때가 되자, 농부들은 가벼운 발걸음으로 들에 나가 즐거운 마음으로 거둔 곡식단을 타작마당으로 날랐다. 이제는 농부들의 곡식을 빼앗아갈 쉐이크 압바스도 없어져, 추수한 전부가 농부들의 것이 되었다. 집집마다 곡식으로 가득 찼고 독과 그릇에는 포도주와 기름이 넘쳐흘렀다.

칼릴은 농부들을 도와 곡식을 거두어들이기도 하고 포도도 따면서, 이들과 추수의 즐거움을 함께 나누었다. 이때부터 이 마을 사람들은 제각기 자기가 농사지은 것을 기쁨으로 수확하기 시작했고 자기가 가는 땅과 가꾸는 포도밭은 자기 소유가 되었다.

이로부터 50년이 지난 오늘날, 레바논 삼나무가 울창한 곳으로 여행하는 나그네의 눈길은 절로 신부처럼 아름다운 이 마을 풍경에 어울리게 되어 자신도 모르게 발길을 멈추게 된다.

초라하던 오막살이가 이제는 번듯하고 아담한 집들로 변해 있고, 기름진 들과 포도밭들 사이에 아름다운 정원으로 둘려 있다.

이 마을에 사는 아무에게나 쉐이크 압바스의 이야기를 물어보라. 그러면 그는 돌무더기와 무너진 벽들이 쌓여 있는 곳을 가리키면서 이렇게 대답할 것이다.

"여기가 바로 쉐이크 압바스의 궁전 같은 집이 서 있던 곳이고, 이것이 그가 남기고 간 흔적입니다."

이번에는 칼릴에 관해 물어보라. 그러면 그는 하늘을 가리키면서 이렇게 말할 것이다.

"저기에 우리의 다정한 벗 칼릴이 있고, 그의 이야기는 하느님께서 우리들 마음속에 써 주신 것이기 때문에, 세월이 가도 지워지지 않는답니다."